『世相』系列

七聲

葛亮 著

中国出版集团
東方出版中心

图书在版编目（CIP）数据

七声 / 葛亮著. —上海：东方出版中心, 2022.5
ISBN 978-7-5473-1984-0

Ⅰ. ①七… Ⅱ. ①葛… Ⅲ. ①短篇小说－小说集－中国－当代 Ⅳ. ①I247.7

中国版本图书馆CIP数据核字（2022）第062671号

七声

著　　者　葛　亮
责任编辑　朱宝元　王欢欢
封面设计　赵　瑾

出版发行　东方出版中心
地　　址　上海市仙霞路345号
邮政编码　200336
电　　话　021-62417400
印 刷 者　上海万卷印刷股份有限公司

开　　本　890mm × 1240mm　1/32
印　　张　7.75
字　　数　143千字
版　　次　2022年5月第1版
印　　次　2022年5月第1次印刷
定　　价　42.00元

给毛果

及这时代的孩子们

目录

推荐序

葛亮的感觉

韩少功

自“感觉”一词受到作家们全心尊奉，很多感觉专家大为放心了，也大显身手了。捡到篮子里都是菜，幻觉、虚拟、胡言、酸腔、滥情、啰唆话、瞎比喻、三流格言，再挂几个摆谱的洋地名洋人名，只要出自我心就无不入文，自选动作想怎么来就怎么来，反正都能享有时代的批评赦免权——你怎知道我不是这样感觉的？

只是如此的感觉一旦高产，很多小说里倒是人影日渐模糊，出场的张三李四都成了纸人、塑料人、电子图谱人，彼此雷同，相互复制，一个比一个更轻浮无根，淹没在词语的狂欢里。在这里，感觉似乎是丰收了，但没有人物，没有鲜活的人物，没有结结实实面目各异的人物，这样的感觉过程是不是舍本求末和避难就易？

这还算不算感觉？

在我看来，《七声》是真正感觉力强大的小说。《阿霞》一篇，一个“缺根筋”的女孩，一种坚强、美丽、充满隐痛的人生，被多少人排除在感觉之外，却在葛亮的纸面上呼之欲出，其变化多端的形态和细致入微的内心，被高精度地感受、捕捉、显影、强化，并且最终给予简洁的表达。这种得心应手的造型笔墨，饱含着清新欲滴的感觉，只是它指向他者，不光是指向自我；指向贫贱，不光指向奢豪；指向本真，不光指向流行——从而与传媒上大量的无病呻吟拉开了足够的距离。给这篇小说戴上一顶“底层文学”的帽子当然不算太难，但这显然不足以描述它在我们心里的打击和震波。这个作品对一般政治和道德立场的超越性在于，它昭示了一个人对艺术的忠诚，对任何生命律动的尊崇和敬畏，对观察、描写以及小说美学的忘我投入。从某种意义上来说，他是这个时代感觉僵死症的疗治者之一。诸多“人已经退场”“个性已经消亡”“创作就是复制”一类的后现代大话，都在这位年轻小说家面前出现了动摇。

葛亮并没有神话弱者的狂热，这从他对《阿霞》结局的处理看得出来。他也没有丑化弱者的阴冷，这从他对各种小人物善良心地的小心掘取和珍藏看得出来。他对阿霞那位弟弟的寥寥数笔，颇有一股狠劲，看似漫不经心，其实处处点穴，把一个受某些现代教育毒害颇深的小资人士，一个充满欲望野心的当代版于连，刻画得入木三分，表现出作者的伤感和忧思。但作者对价值判断十分谨慎和节制，或者他在自己收获的各种感觉信号面前常常不免两难。这有什么不对吗？其实，感觉就是这样一种东西，小说就是这样一种东西。它们总是多义的、开放的、超越的、引而不发的。它们恰恰是以拒绝价值独断的方式来传达自己强烈的价值主张，是以犹疑的方式表现自己的坚定——因此永不可被概念与逻辑所替代，又与人类其他精神成果互为呼应。

在这一点上，《七声》堪称不可多得的范例之一，作者的少年成熟令人惊叹。

自序

他们的声音

葛亮

大约两年前，在四川的嘉绒藏区。当地如中国内地多数正在开发中的旅游区一样，经历着看得见的变革。山民们面对生活的机遇，有了希望与冲动，虽则对如何把握并不得要领。他们在路边拦住游客，小心地用汉话表达了做生意的意图，面对你温和或粗鲁的回应，他们不变初衷。我们在一家银器店的门口，遇见一个藏女，赶着几匹当地的矮马。她告诉我们，要去著名的景点大海子，要行过崎岖泥泞的山路，非人力可为，希望我们能租借她的马。她说完这些，态度羞涩地低头，似乎在提出一桩不合理的要求。我们同意了。上山路上，地形如意料中陡峭，马踯躅而行。藏女赶着一匹幼驹，负载着我们的行李。路程到了将近一半，突然遭遇山里的雪暴。马匹无法前进，我们只有在一处避风的地方休息。就在等待中，天光黯淡下来，气温骤降。有旅伴窃窃抱怨。夜色渐浓，终于有了小小的躁动。这时候，我们看见，藏女悄悄卸去幼驹身上的重物，将自己的军大衣脱下来，给它裹上。然后倚靠着马鞍，轻声吟唱起一支歌谣。听不懂内容，但辨得出是简单词句的轮回。这歌谣安谧静和，令人恢复自制。后来，我们在半山找到一间牧人的小屋，度过了寒冷的一晚。风停雪住，在温润的高原阳光里，我们看到了墨蓝色的大海子，也记住了这个叫英珠的女子和她的歌声。

这样的声音，来自这世上的大多数人。它们湮没于日常，又在不经意间回响于侧畔，与我们不弃不离。这声音里，有着艰辛的内容，却也听得到祥和平静的基调。而主旋律，是对生活一种坚执的信念。因为时代的缘故，这世上少了传奇与神话。大约人生的悲喜，也不太会有大开大阖的面目。生活的强大与薄弱处，皆有了人之常情作底，人于是学会不奢望，只保留了本能的执着。

这部小说，是关于生活的七宗。有一些人，在缭绕的人间烟火中渐渐清晰。审视他们，虽于我并非新鲜的经验。然而，落笔之际，仍出自己意表。他们的人生，已是水落石出的格局。经年的快与痛，此时此刻，已成一波微澜。

他们在我身边一一走过，见证了岁月的变迁。我愿意步履我的成长轨迹，用一双少年的眼睛去观看那些久违的人与事。目光所及，也许亲近纯净，也许黯然忧伤，又或者激荡不居，但总有一种真实。这种真实，带着温存的底色，是叫人安慰的。

他们是一些行走于边缘的英雄。

“一均之中，间有七声。”正是这些零落的声响，凝聚为大的和音。在这和音深处，慢慢浮现出一抹时代的轮廓。这轮廓的根本，叫作民间。

此书付梓，间中种种，令人感念。

感谢我已故去的祖父葛康俞教授，为我树立了为人为文的尺度；感谢祖父挚友王世襄先生，以耄耋高龄，为《七声》题写书名及扉页文字；感谢我的家人与朋友由衷的关爱，见证了这部小说的诞生；感谢我的编辑与出版社的各位同人，为此书所付出的辛劳。

这些声音是献给你们的。

己丑年于香港

琴瑟

外公外婆金婚的时候，父亲请相熟的书法家题了一幅字，“琴瑟龢同”。

对外公外婆的身世，父母从来缄口。后来，不知道从哪里听来一鳞半爪。外婆的父亲大约是个豪绅，据说是颇能干涉些地方事务的那种，抗战时，又给政府捐过飞机的。

后来各种运动中，自然都落不下好。可是前几年修地方志，又成了当地最早的革命民主人士，彪炳史册了，甚至还印了些挂历来纪念。所以胡先生说得没有错，历史是随人打扮的小姑娘。所谓历史人物，更落到了陪房丫头的结局。

外婆是家里正出的小女儿，成人时正值家中的多事之秋。结婚那天，父亲溘然长逝。

外婆至今仍有些耿耿于怀，好好一个大家的小姐，婚结得那样潦草。外婆说到这些，就会去抚摸那张硬木的八仙桌。这桌子是她的嫁妆。本该是一堂红木家具，硬是给一个坏心地的庶出兄弟给换掉了。不过雕工和漆艺倒还很精细，所谓减料却未偷工。新婚燕尔之际，外婆竟没察觉。几年以后，外公不留神说了出来。事隔多时，外婆还是禁不住羞恼，埋怨外公不早些说。外公就笑道：那时说，怕你心里会难受。细细想想，外婆就有些感激，外公的确是宅心仁厚的。

外公是个外来的女婿。早些年和叔父南下做生意，成家之前，大半个中国，居然也都走遍。外公又是极聪明，直到现在，还讲得出一口地道的上海话、宁波话。学起马三立，天津话几可乱真。广东话也听得出子丑寅卯，我在南方待了几年，亲戚们玩笑着怂恿我说些粤语，外公听罢仍能指出不道地之处，让我汗颜。

外公的母亲，姓孟，是外公的养母。母亲说太奶奶是孟子的N代嫡亲孙女，存有家谱流传。我见过照片，老太太极严厉的模样，据说在世时就很有家长的气魄，说话做事斩钉截铁。外婆虽有些脾气，对这个婆婆也是言听计从。太奶奶对孙辈却十二万分的和善，尤其对母亲这个长孙女，更是视若珍宝，毫无弄璋弄瓦之别。母亲现在忆起，仍语带哽咽。说老奶奶卧床数年，有天突然神思不清，气若游丝却久不肯瞑目。直到母亲放学归来，她大叫一声孙女的乳名，用力握住母亲的手，这才走了。老奶奶身体冷了下来，手却握得越发紧。大人们想把祖孙俩的手分开，竟没有办法。母亲说，让我陪陪奶奶吧。两只手握了一夜。第二天清早，外公说，妈，桢儿要去上学了，太奶奶的手竟就松开了。太奶奶说过，桢儿是要做女状元的。就为了这一句话，母亲在最难的时候，上山下乡，也没放弃过读书。恢复高考后，硬是凭着往日的底子考上大学。这在老三届里是极稀有的。

外公外婆一共生了三女一儿，除了母亲稍稍抓住了些繁华的尾巴，舅舅姨妈们却都是跟着家庭经受过不少苦处的。熟识的都说，张老师这辈子值了，四个儿女，有钱的有钱，有学问的有学问。外婆当面笑着应付，背地却总有些忿忿，说要不是这运动那运动，我们家里还要好呢。外公就说，太太，知足常乐，知足常乐。

对于外公外婆年轻时的种种，我所知甚少。不过对他们的性情，我却很熟悉。我们表兄弟四个都是在外公家长大。堂屋里那张很大的春凳，也是外婆的陪嫁之一，夏天睡过四个胖小子，赤条条一字排开，着实让人眼热。孙辈皆为男丁，也是外人羡慕的指标。外婆却又不以为然，说人家没见识，哪里就有孙女贴心。

外婆笃信血统论，高兴不高兴起来都叫我小蛮子。父亲也是个外来的女婿，真正书香世家出身，可惜早年失怙，如父长兄又被错划成了右派。大学毕业后，父亲从南方省城分到苏北工作，在当时是有些被发配的意思。又过去了几年。其时母亲尚待字闺中，在个人问题上却犯了才女的通病，一览众山小，听凭韶华蹉跎，视追求者若无物。外公外婆却知婚姻大事任性不得，终于落了媒妁的俗套。有人就说文化馆有个南方的小伙子，省城大学毕业的，人又很厚道。

父亲不通世故，空着两手到了外公家。谈起话来，外公却觉出这年轻人谦和有礼，不似时下青年志大才疏，心里就有些欢喜。父亲走后，外婆就说，蛮子就是蛮子，又是满口学生腔。母亲喃喃道，要不是个蛮子就好了。说完想起不妥，脸红了一下，全家就有些懂得母亲的意思了。

父亲成了外公家的常客，唯有外婆对他淡淡的，他也不觉。周末大家闲坐，外公养的猫从暗影里走出来，在阳光底下伸了个懒腰。父亲掏出钢笔，信手在香烟壳上勾了几笔，一只小兽跃然纸上。外婆看后禁不住笑了，说这倒是很有趣。父亲就受到鼓舞，把平日所作都拿给外婆看。依父亲的性情，想来这样倒不是为了讨好丈母娘，却更似他乡遇知己，所以美芹十献。外婆翻看着，问父亲一张粉彩的小画是什么。父亲就答是西斯廷圣母，他九岁时临摹下来，现在留作纪念。外婆顿时觉出了这青年的不凡，这才想起细细问起父亲的家世渊源。父亲就一五一十地作答。外婆越发惊异了，想这孩子如此的出身，比自家是只强不弱的。再一转念，看父亲现在孤身一人，落到如此境地。心中就生出些悲悯，叹了口气。父亲为人单纯，以为外婆是对画作有了批评，忙问：不好么？外婆也赶忙答道：好，好。

以后，外婆对父亲的慈爱竟胜过对其他儿女。她偶尔也教父亲当地的方言，也笑着学几句父亲的蛮话，暗暗地就为母亲备下了嫁妆。

我出生时七斤六两，是个真正胖大的孩子。父亲的朋友就说是南北血液混合的“优良品种”。父亲调回省城，母亲随着去进修。外婆就把我揽在怀里，有些慷慨地说，这孩子我给你们带。带我并不容易，那时外公外婆尚未退休，好在家里有个小姨，却没有带孩子的经验。我吃得很多，早上要消耗两瓶牛奶。外公天擦亮就去很远的地方取奶，热奶的时候，自己先打起瞌睡。外婆授课的学校在离家不远的地方，常常上完一节课，就跑回家里给我喂奶，再小跑着赶回去上下一节课。

我四岁半的时候出水痘，外公外婆都慌了神。外公骑着自行车到黄河故道的边上转悠，到处找刚刚生芽的柳树枝。找到了，就求人给打下来。嫩柳枝煮鸡蛋，是个偏方，我吃了后，水痘果然就退了。

现在想来，五岁的时候，外婆就开始把我当神童培养。在某种程度上，我算是辜负了老人家的期望。外婆培养我，用的是私塾的办法。每天要描红大字小字若干页，每天背唐诗若干首。我记性不错，却是个不求甚解的。直到考小学，还以为“篱落疏疏一径深”是关于某个叔叔的逸事。不过当时出口成诗，已经让主考的老师大跌眼镜，小出了一回风头，这都是后话。

外公外婆后来都退休了。

外公又被一个纺织品公司聘了做经理。其实是个闲差，因为外公德高望重，坐在位上用来服众的。公司有时请外公给员工做些思想教育工作。外公又是认真，有次带了个年轻人回家来谈话，这个青年据说是私拿了些公家的财物。虽然外公动之以情，晓之以理，那青年却不领受，话不投机，突然说了一句：外国有个加拿大，中国有个大家拿。一向温文尔雅的外公就有些动了气，说如果大家都来拿你家的东西怎么办云云。年轻人离去的时候，状态上是悻悻的。外公还在自说自话，说有些事情是原则问题。外婆就有些怪外公，说老了老了，跟小孩子一般见识，都退下来了，在人家嘴里还落不下好了。外公就长叹一声，不说话了。

外婆退下来那年，政府搞土地开发。外公家的独院子被划进了征地范围。全家就开了个会，舅舅是坚决反对搬迁的。其实谁也是老大不情愿。尤其是我们表弟兄四个，都在这院子里长大的。虽说离开了，这院子还是我们的百草园，这一搬一拆，将来朝花夕拾就没了地方。外公想了一夜，对全家说，还是响应政府号召吧。谁都知道其实心里最痛的就是外公，光是东厢房门口的那棵养了几十年的大月季树，当年上过地方电视的，就够让人舍不得。

终于还是搬了。院子拆了，后来我去凭吊过一番。原地建起了一座星级酒店，设计得不见得好，和政府的理想应该有些出入。

老街的居民被政府一锅端到了新建的住宅小区。小区离市中心远了，却是滨湖的。环境还不错，适合老年人颐养天年。外公就有些自得，对外婆说，老伴你看，焉知非福，焉知非福。外婆却很不习惯，以前在市里的时候，几十年的老友，都是知心的，现在却断了交际。再一层，由于是整街搬迁，所以引车卖浆者流，吆喝煎饼果子卷大葱的，都在楼里抬头不见低头见了。大家都对外婆客气得很。外婆却觉出这热热闹闹里，她是顶孤立的一个。有一天，外婆买菜回来，在楼下小卖部门前看见一伙老太太叉麻将。外婆打了个招呼，却又慢下脚步，多看了几眼。就有个老太太站起身来，说，张老师，来打一圈吧。外婆忙摆手说自己不会。老太太却有些热情似火地把她拉到跟前坐下，说好学得很。麻将本不难学，加上外婆聪明，几圈下来已经很上手。老太太们开始还让着，有些扶上马送一程的意思。及到后面，发现外婆已经后来居上了，又是特别擅摆清一色，常常有出人意表的创举。彼此融洽了，老太太们就经常敲家里的门，有时是叫外婆打麻将，有时就送来些自己做的家常吃食。外公发现家里不如之前清静了，可是看到外婆的脸色一天好似一天，心里也暗暗欣喜。后来外婆耳里传过些话来，说有个老太打麻将打得昏天黑地，有些过分了，就被儿子骂。她就回嘴，说楼上张老师能打，我怎么不能打，人家还是某某的闺女呢。外婆知道了有些委屈，觉得自己被利用。外公就劝她。再后来老太太们觉得打卫生麻将不过瘾，就要来些彩头，外婆顺势退出了。就又有人暗暗议论，张老师那样的家底，还疼这几个钱。外婆也不和他们计较，说人和人到底是不同的，有些是个原则问题。外公听出了自己的口气，心里就笑，可是觉出外婆其实又有些寂寞了。

外公就想着带外婆去旅游，趁腿脚灵活，带外婆把年轻时没走过的地方走一走。就去了庐山，知道三峡快要被淹了，又赶着去了三峡。这样赶了一程子，外婆觉出腿脚狠狠地酸痛起来。外公想想，大约是途中奔波，伤筋动骨了，就带外婆回了家里。将息了几日，却总不见缓过劲来，外婆越发觉得脚心刺痛。人也有些焦躁，不停地喝水，嘴里边嘀咕着说自己这回是得了大毛病了。外公也怕了，就打电话给自己做医生的朋友。那朋友细细了解了一回，问外公说，嫂嫂家族里是不是有糖尿病的遗传。外婆猛醒，她的姐姐们，就是我去世的两个姨婆，生前都是得过这病的。老两口赶紧去了医院，这回确诊了，血糖还高得很，三个加号。

都知道糖尿病是个顽症，外婆没有过什么生病的经验，情绪一下子就落到了低谷，开始投入到做病人的角色。以前早上天擦亮就和外公去湖边锻炼的，现在早上醒过来也是在床边坐着，魂不守舍的。外公心里也慌张着，嘴里只管说些安慰的话，说太太你别老是对自己作消极的心理暗示，有病治病，你也知道现在医学多发达的。外婆就很丧气地说，再发达，也没见艾滋病给攻克了。外公就不言语了。虽是这样说，外婆也还是循规蹈矩地吃医生给配的药。过了几日，药吃了一个疗程。她自己却说毫不见起色，情绪越发放任了，说是小城出庸医，都是些催命的。有个老街坊就上门了。她也曾是外婆的麻友之一，自认为是情同姐妹。这老太太端着一碗卖相不甚好看的面饽饽，却迎着外婆的一张冷脸。她也还是赔着笑说，张老师，你这病要忌口。这是个偏方子，吃些糠饽饽，是有好处的。外婆听着脸色就变了，语气也很黯淡：我们家里有的是好药，不要这种东西。那人就讪讪地走了。外公就喃喃地劝道，人家也是好心，这又是何必。外婆就把头偏过去不理他，眼睛却潮湿了。

母亲知道外婆生病的消息，一夜没合眼，第二天大早跟学校请了假就往老家赶。外婆看到母亲，像是抓住了救命稻草，情绪高昂地说，你看看你们几个，哪里就有一个有你们大姐孝顺。大家都知道这话是言过其实，可阿姨舅舅们都怕扫外婆兴似的，争先恐后地说，就是就是。唯有小表弟趁出来的时候拉一下母亲的衣角，说大姨，外婆这些天越来越像个老太后了。小姨妈就狠狠地瞋了儿子一眼。母亲就知道，这恐怕也代表着家里的舆论了。

母亲抄了外婆的化验报告，回到省城，就去些大医院找专家咨询。在网上看到哪里有关于糖尿病的专题讲座，也风尘仆仆地赶过去听。这样多日下来，她就舒了口气，有些自信地说，我现在也算是半个医了。有了这半个医，外婆自己心里好像也有了底，遵这半个医的嘱配合着吃各种半个医寄过来的进口特效药，生活态度也积极起来。

病情真的就控制住了，外婆有些喜不自胜，好像迎来了生活的第二春。可是她又起了些念头，把那些甜得似是而非的木糖醇、甜味素抛在脑后，开始琢磨着吃些让自己恢复味觉的东西。无奈外公早就对外婆的毅力不信任，未雨绸缪地把一些禁食品都藏了起来。外婆就打了孙辈的主意，看到小表弟吃水果，就问，宝宝你爱不爱外婆。宝宝不知道这是个圈套，当然痛快淋漓地说爱。然后外婆就有些着急地把圈套收拢了，说你爱外婆就把桃让外婆吃一口。宝宝警惕地握紧了手中的桃，大声疾呼道，外公……外婆又是嗜辣的，以前顿顿饭是无辣不欢。病情厉害时忘了这口儿，现在回忆起来了。外公当然是极谨慎的，外婆就沉住了气，观察了几日。无奈外公步步留心，没有留下破绽。外婆最后把疑点落到实处，趁外公不在旁边，在冰箱里翻动起来，翻得太心急火燎，发出很大的响动。外公悄声走到她身后，待她黯然地关上冰箱，就适时对她进行些思想教育。

有天一觉醒过来，外婆就有些看不清，觉着眼前老漂浮着些东西。母亲听了就有些着急，对外公说，这可能是高血糖引起的并发症，视网膜病变了。外公一听心就凉了。退休以后，少了交际，外婆越发手不释卷。得了病后，不大出门，每天更是要读书看报，将大半时间打发过去。现在怎么是好，因为这个情绪上再有了反复，对外婆的病是有百害无一利的。外公就拐弯抹角地把事情跟外婆说了。刚要想着说些安抚的话，外婆却开口了，老头子，你和孩子们的心意我都懂，其实哪里就有个人定胜天啊。这么说着，很有些认命的意思。做儿女的听了更不安了，以前听外婆把一些狠话说到身上，大家心里难受着，却是踏实的。因为说明外婆心下还是不甘，是想要和这病抗争着的。现在的情形，倒好像自己先要放弃了。外婆却安慰道，你们别瞎琢磨，我是真想开了，咱们家这么多年，兴兴头头地过，比谁不强。我也知足，老头子，你不是也说知足常乐么。话虽如此，大家的心还是没有放下来。

外婆倒是真的心平气和的，每天还是按时吃药。眼睛却是一天天地坏下去，终于书报是没办法看了，电视也只能看到一个模模糊糊的影。外婆不埋怨，自己找着些乐子，听到些电视里的人声，就对小表弟说，是不是倪萍阿姨出来了，宝宝你看外婆说得对不对呀。小表弟却是个直肠子，说不对，是周涛。外婆的眼神就黯淡下去。小姨妈就对儿子使了眼色，说小宝这就是倪萍啊。小宝却是个拉不回头的驴，说明明就是周涛，我认识的。小姨妈就急了，起身作势要打他。外婆喝住了，说你这个妈怎么当的，教小孩子说假话。再说，这两个人本来就长得很像，不是么。说完自己就沉默下去。

外婆脚里长着骨刺，行动就不灵便了。家里终于给她配了轮椅，又请了个家庭护士。这是个和善的年轻姑娘，和外婆很谈得来的。每每说些可人心的话，说外婆到底是读过书的老人家，心态这样好。可偏偏做起事来，这姑娘是粗枝大叶，经常让外婆的脚磕着碰着。外婆咬着牙不说什么，外公更是把攥着心。这样几番下来，外公终于请她走了，自己担负起照顾外婆的重任。外婆退休后，身形比以前胖了。现在一举一动却都需要扶持。儿女不在的时候，外公帮着她如厕。外公是个瘦小的人，每次扶外婆回到轮椅上，自己先是大汗淋漓了。外婆帮他擦着汗，总是说些心疼的话。外公就装出不以为然的样子，说太太，这也是体育锻炼，比去湖滨散步有效得多。闲些的时候，外公就戴起老花镜，帮外婆剪脚指甲。这是他的专职，自从有次舅舅弄疼了外婆，他就禁止别人插手了。这项工程是要用去外公个把小时的，细细地剪，剪好了再一个个用锉子磨光滑了，然后又寻着甲上的倒刺除掉。那样细致地，仿佛在做工艺了。这时候，外婆的病情其实是比以往又严重了些。每每到了夜半，就被腿脚的疼痛折磨得合不了眼。她又强忍着不让自己翻来覆去的，怕的是把外公闹腾醒了。其实外公和她连着心，哪里就真睡着了，就把手悄悄伸过去给她攥住。外婆就回过头来，说，老头子，我真是疼啊。一边就哽咽了。外公就说，太太你心里别老惦记着，想些可乐的事情，把注意力转移过去就不疼了。外婆试了一下，还是疼。外公就说那你听好，我给你来一段，嘴里来了个过门儿，就压低了嗓子给外婆唱起《三家店》。我起身上厕所，看见外公房里还亮着灯，推门进去的时候，外公正唱到“娘想儿来泪双流。眼见得红日坠落在西山后……”外婆迷迷糊糊睡过去了，手还紧紧地攥着外公的手。外公的手是换过了，另一只手背上还看得见粉粉的指甲印子。这时候天已经发白了，外婆终于睡着了。外公还坐着，抬起头来看着我，眼睛是浑浊的灰，眼角有些清亮的水迹。

这样又过去了好多的日子。在外公的悉心照料下，外婆的病虽无太大好转，但也没有严重下去。外公越发老了，还是健康着，乐观着。最小的外孙也成人了，小宝气力很大，可以背起外婆去外面和别的老太太拉家常了。儿女们掐指算了，两个老人家，结婚快满五十周年了。

外公外婆的金婚，办得颇有些反响。儿女，朋友，排场都还在其次。最重要的是，外婆退休前是市里的特级教师，一生桃李无数，这时到了种豆得瓜的时候。大到省市级的干部，远至移民欧美的游子，都闻讯赶来。还有些学生，自己也是孙辈绕膝的人了，就有些小孩子遵着嘱咐给太爷爷太奶奶磕头。外公外婆都带着十二分的喜色，和身上定制的唐装相映生辉。外婆的脸上施着淡淡的妆，眉目间依稀还看得见年轻时的影子。外婆当年是极为漂亮的。

热闹了一回，父亲展开了一幅字——琴瑟龢同。众人啧啧称赞，说是从笔力到意境都是极好的。外公仔细看了，说好啊，我这把老琴，不知道下辈子有没有运气碰上这样的好瑟了。转过头去，又对外婆唱道，我这张旧船票，能否登上你的客船？众人就笑，外婆也笑，笑着笑着，她忽然一回首，是泪流下来了。

洪才

成洪才弟兄姐妹六个，他是老幺。家里人都叫他小六子，邻居也跟着这么叫。他们家的孩子，都起了气度非凡的名字，他的几个哥哥，叫作洪业、洪宇、洪政。

我与成洪才的友情，应得上“不打不成交”这句老话。我们那时候，小男孩武斗，还是家常便饭。不过我和洪才并不是对手，而是同盟。至于打架的起因，我并不记得了。

那是小学二年级。为了要进这所重点小学，爸妈将我从外婆家接来。这是我极其不愿意的事。这间学校的校风严整，中规中矩到了味同嚼蜡的地步。所以当那一架打起来的时候，我心里很有些热血沸腾。战场在校外拉开，模式套用西点军校老生欺负新生的桥段。不知道怎么打起来的，只记得我们三个转学来的男孩子，莫名其妙就成了众矢之的。那一架打得十分惨烈。当我衬衫上的扣子掉得还剩下两颗，和另一个鼻血横流的男孩子打得难解难分的时候，成洪才出现了。他迅速地介入这场战事，没有任何审时度势的过程，就站在我们一边。他比所有的交战者都高了半个头。这使战局带有了宿命的性质。对手都是知时务的人，且战且退，瞅了空就落荒而逃。逃了几步，嘴硬了，回头喊，留级生，留级生……我们这边就有些群情激愤。成洪才不复刚才的勇猛，只是没听见一样，转身离开了。不过也并非如侠客似的绝尘而去，而是将书包拍一拍灰，拎起来慢慢地走远了。背还佝偻着，像个小老头。

过了几天，当我在我们机关大院里看到成洪才，异乎寻常地惊喜。我对妈妈说他就是成洪才，好像在介绍一个盖世英雄。成洪才倒有些羞涩，支着身体，耸一耸肩膀，用口音很重的南京话认真地问：你家也住这块啊？不等我回答，他又说，我家住街对面，四条巷六十三号 1－3。

晚上吃饭时候，妈妈说，那孩子的衣服，蛮旧的，兄弟姐妹应该不少。不知家里是什么状况。不过人蛮老实，毛果，下次叫这小朋友到家里玩吧。

成洪才是我们班上两个留级生之一。而他又是连留了两级的。那时候，因为教改，南京的小学都是划片入学的。一个区的适龄学童，不用考试，都连锅端进来。成洪才也被端了进来。他在这所重点小学一而再地留级，成了尴尬的异数。老师们似乎都不怎么为难他，上课从来不要他回答问题。他比班上的同学都大上两三岁，因为个子高，就坐在最后一排。大家不怎么和他玩。他本应当是孤独的。下课的时候，看见他眼睛望了窗外去，是自得其乐的样子，似乎满足得很。

后来有天放学，我对成洪才说，到我们家玩吧。他也不说话，跟上我。家里大人还没下班，我把我的玩具都拿出来，什么斗兽棋、建筑积木之类。他的眼睛亮一亮，说，毛果，你玩的东西真多啊。我想一下，有些黯然，说，南京不怎么好玩，没有我外婆家好玩。一个人有什么意思。成洪才就说，那你到我们家玩啊。我们家人多。

几天之后，当我应邀去了成洪才家里，突然间看到的景象，是有些让我吃惊的。

记得听一个大学老师说过，南京好像个大县城。这个话是没错的。担着六朝古都的名声，南京或许是中国的大城市里面，现代化进程最为缓慢的一个。所以，地方官员要在南京取得政绩，是殊为不易的。南京人过日子，往往以舒服为第一要义，大多时候，是很真实的。其实，要是将上海话借用过来，说南京的生活观念是过日脚，也很不错，甚至更为贴切。因为这日子过得很砥实，对未来没有野心，所以生活就像被砖块一层层地垒起来。上海人的作风，日脚的观念是在心里，外面是有些张扬的，日子是用来过给别人看的。有个上海的朋友，来到南京，说南京人长得真是好看。细细地看，处处是俊男美女。可是为什么都穿得这样不讲究呢，土里土气的。

南京的土，也许就是一种包容力所在。成洪才举家从六合迁来，能够在市中心，建立起极为乡土的一隅，应该就是一个明证。

当那只叫高头的鹅张着翅膀扑向我的时候，我欢快地惊叫了一下。这只鹅在我眼中无比硕大，它凶猛地发出嘎嘎的叫声，试图对我进行攻击。成洪才并不阻止它，只是笑，说，它是我们家的狗。我抡起书包凶了它一下，它后退了几步，蓄势似的，又更加迅猛地扑过来。

一个面色很苍老的女人从门里走出来，将鹅喝止住。见了我，打量一下，问，六子，是谁啊。成洪才说，是我同学，叫毛果。为了给他的家里一个好印象，我很有礼貌地鞠一躬，说，奶奶好。女人愣一愣，对我笑了，说，好，好。说完回屋去了。成洪才说，你叫错人了。她是我妈妈。我阿婆在里面。

我有些难堪，终于说："你妈妈年纪好像很大了。"成洪才说："我妈妈快六十了。我大哥都三十多岁了。"门里面又长长地喊：六子——

我说：我知道啦，你排行老六。成洪才嘻嘻地笑了：是啊。我有三个哥哥，一个姐姐。我算了一下，说，不对，少掉了一个。成洪才说，我原来有两个姐姐，一个得天花死掉了。其实我还有一个弟弟，比我小两岁，也死掉了。

我跟成洪才一路往屋里走，那头鹅不屈不挠地跟上来，成洪才捏住它的脖子，在它头上鲜红的肉瘤狠狠地敲了一下，它才蹒跚地走开了。

进了门，黑得很，见不到光。我们走进一条甬道，听见成洪才说，小心。这时候我的胳膊肘被什么碰了一下，只听到身后哗啦一声。成洪才的声音慌了，叫你小心的，没有磕着吧。他在我脚底下摸一下，把一个东西立起来。我说，这是什么？他说，锄头。我阿婆就是这样，什么都不肯摔掉。

到了堂屋里，有些亮了，仍然是昏暗。屋里弥漫着奇异的腐旧气息，像是浓重的葱蒜味，混了中药的味道。成洪才的妈妈抱出一个陶罐，说，六子，倒酸梅汤给同学喝。成洪才答应着，去了里屋，出来时拿了两只白色的搪瓷茶缸。茶缸很大，上面漆了红通通的五角星。我记得我们家，本来也有这种茶缸的，搬家的时候，都给妈妈扔掉了。成洪才倒了满满的一茶缸给我，我喝一口，又甜又酸，清凉得很。成妈妈问我，好喝么。我说，好喝。成洪才就笑了，说，当然好喝了，阿婆做的。成洪才本来是有些呆相的，笑的时候，脸色就生动起来，有了儿童的鲜活样子。

成妈妈手上忙着，在案板上揉一个面团。这个面团的奇特之处，在于通体碧绿。我问，阿姨，你在做什么？成妈妈说，做青团。我又问，青团是什么？成妈妈就说，等会上笼屉蒸出来，你吃了就知道了。成妈妈一边揉，一边淋一些绿色的黏稠汁液在面团上，然后再更加大力地将汁液揉进去，面团发出滋滋的很劲道的声音，颜色也渐渐绿透了。我忍不住又问，这是什么？成洪才接过话去，这是阿婆打的“青”。用我们家种的“墨子”。我想，这个阿婆，一定是个令人崇拜的人。

成洪才指指窗口，说，走，我带你去看。我走到他们家的后院，禁不住在心里惊呼。对一个城市小孩来说，这里算得上世外桃源了。一大架的葡萄藤，闯眼的绿，层层叠叠地，一直蔓延到屋顶上去，蔚为壮观。这其实是个杂果架，还搭着苦瓜和丝瓜，去年的老丝瓜，结着青黄的壳子，从梁子上垂到地下。院子后头，有一小块田，几米见方的，被仔细地耕耘过。现在想来，那真是我见过的最精致的田地了，却有着完备的规模。一垄一垄地种着各种作物，茂绿的一片，都是我不认识的。成洪才跟我介绍，这是花生，而这是毛豆。这是“墨子”。这其实是麦子，“墨子”是因了成洪才六合口音的浓重。我也是第一次见了正在生长期的麦子，茁壮的一丛，还长着幼嫩的穗，顶了尖利的芒。后来过了很久，我才知道，所谓“打青”，是江南一带农村的风俗。就是在清明前后，将正在灌浆的青麦粒轻轻搓下来，打成糊，和了面粉和米粉捏成团，蒸熟了吃。是讨丰收的意思。

这个院落，有心要独立于这城市之外的。因了地盘的狭小，又是见缝插针，连墙角里都种着绿油油的葱和青蒜。成妈妈走出来，手里端了盆，去了葡萄架底下，打开了一只笼。立刻有一群鸡扑啦啦地跑出来，沿了盆争食。吃完了四散开去，却很神异地不去侵害微型田地里的作物。鸡的神情都是很怡然的。我想这并不是我的主观想象。因为我记得有一只黄脚掌的母鸡，走动的时候，一直半垂着眼睑，嘴里发出很惬意的咕咕声。你甚至可以摸摸它。成洪才教我把手插在它的翅膀底下，真的温暖极了。这些鸡实在给我留下很好的印象。菜市场的那些鸡，总是高度警觉的样子，碰一下就惊慌失措，身上的羽毛七支八楞着。有的嘴角疲惫地流着口涎。这院子里的鸡昂扬从容的生气，对我而言，也是十分新鲜的。

我想有那么一瞬间，我对眼前的一切几乎到了着迷的程度。令我着迷的，是城市孩子在平日间触碰不到的一种宁静的美感。

成妈妈在里面喊，青团蒸好了。我走进堂屋，发现多了一个人。这是个老太太，一个十分丑陋的老太太。我在心中蓦然升起恐惧。这个很瘦小的人，穿着一件洗得稀薄的老头衫，好像将自己装在一只口袋里。脖子筋筋络络的，风干了似的。头发很稀疏，露出粉红和暗黄色的头皮。她的一只眼睛似乎盲了，蒙着白色的障翳，另一只眼睛却鹰隼似的盯着我。总而言之，她在我眼里，像一只面相庄严的老猴子。我在想，这是谁啊。这时候听见成洪才冲她叫：阿婆。

阿婆翻了翻眼皮。成洪才说，这是我同学，毛果。阿婆大声地说，什么？成洪才就大声地重复了刚才的话。我于是知道，阿婆的耳朵似乎也不很好。我走到阿婆跟前，也向她大声地问好。她这时候咧开了嘴，露出了没了牙齿的红黑色牙床。我想这是她欣喜的样子了。她的笑忽然间收敛了，然后转过头，和成妈妈絮絮地讲了一些我听不懂的话。然后她很庄严地伸出手，摸了摸我的头，用南京话大声地说：阿毛头。

她就这样宣布了我的昵称，我至今不知道在以后的日子里，她为什么坚持不懈地称我为——阿毛头。

成妈妈打开笼屉，一股甜香传了出来。笼布上整齐地排了冒着热气的青团。成洪才伸出手，被成妈妈打了回去，说，烫。成妈妈用竹夹子夹起一只，放在碗里给我，说，小心吃哦，有馅子的。我咬一口，一种奇异的清爽气，黏在牙齿缝里，兜了一圈到了喉咙口。又咬一口，是糯答答的香味，十分耐嚼。再咬就咬到馅儿啦，原来是豆沙的，被热气融成滑腻腻的汁了，香甜得很。成洪才递过来一只小碟子，说，要蘸红糖吃，更好吃。

我一口气吃了三个大青团。成妈妈说，毛果这个小朋友好，很爽快。天慢慢黑了，我要走了。阿婆大声地说，青团给阿毛头一碗啊，带给他姆妈吃。

离开的时候，成洪才送我出来，在黑暗的甬道里头，我听到一阵剧烈的咳嗽声。成洪才就说，啊，姐姐醒了，你先回去吧，我来帮姐姐吃药。

我捧着一碗青团回了家。

妈妈好奇地问，这是什么啊。我说，青团。妈妈仔细看了看，又问，这么绿，能吃吗，不是色素吧？爸爸开心得很，当然能吃，好吃得很哪，纯天然食品。说完揪下一小块放进嘴里作示范。然后说，要有红糖就好了，小时候，二哥的奶妈方婶是个无锡人，每年来看我们，就会打青团给我们吃啊。到了清明节的时候，我们就盼着她来。

我说，是成洪才妈妈做的，让我拿给你们吃。

妈妈也就欣喜地说，我们毛果好人缘，来了没几天，就交上朋友啦。

爸妈同我一样珍惜如此的友谊。所以，隔一天，妈妈就拿出爸爸去广东出差买的芒果，让我给成洪才家送去。

这一回，成洪才家里多了几个人。穿着蓝色工作服的中年男人，这是成洪才的爸爸。他是个没什么特点的中年男人，头顶已经谢了，但是面相似乎比成妈妈还要年轻些。成伯伯人很和气，他用家长的口吻对我说，你爸爸妈妈不要这么客气哦，大家都是邻居了。然后就沉默下去，埋下头继续帮成妈妈剥一头蒜。

还有一个男人，年纪是看不出来的。戴着一副眼镜，但似乎是乡下人的打扮。簇新的中山装，穿了一双旧得起毛的布鞋。这是成洪才的大哥，从六合的乡下来的。还有一个半大的男孩子，这是成洪才的五哥，他在附近的中学上初中，唇上已起了淡青的短髭。他的装束在这屋里是顶时髦的了，腿上套了紧绷绷的牛仔裤，有一搭没一搭地抖动。脸上是不屑的神气。

不知道为什么，这天，成洪才家里有些闷。阿婆的精神很好，兴头头地看着我，可是也不说话。过了一会儿，成伯伯突然说，毛果是住在哪里？成洪才说，对面的大院。成伯伯有些动气，说，插什么嘴，没问你。我就说，对的，对面机关大院。成伯伯就说，哦，那你爸爸是工程师吧。我自豪地说，对啊。成伯伯就说，好，好，毛果将来也要做工程师。

阿婆这回好像是听见了，总结性地，也大声地说，是啵。

成洪才的大哥，突然说话了，口气有些小心翼翼的：爸，你再考虑考虑吧。

成伯伯过了半晌，轻轻地说，哦。

这时候，突然听见一个纤细的女声：大哥，你不要逼爸了。

我回过头，看见一个年轻的女人倚门站着。其实还是个少女，但是穿了很老气的羊毛衫，而且不合时令。头发蓬松着，似乎刚睡醒。看得出有些虚弱，面孔异乎寻常的白。五官散淡，眼睛很大，目光也散着。皮肤好像半透明的，在黯淡的屋子里头，发着晶莹的光。她的双颊在白里透出红晕来。当时，我并不知道，这些都是不健康的，是肺弱的症状。我只是觉得她很美。这种美是没有烟火气的，是这屋里的一个异数。

她是成洪才的姐姐，成洪芸。

成洪芸说：大哥，你不要逼爸了。又不是你一个在乡下，二哥全家也在。

她说完，突然剧烈地咳嗽起来。她只有捂住嘴，肩膀耸动，隐忍着，似乎要将这咳嗽吞咽下去。

成洪才的大哥，冷笑一下，低声说：我至少不会拖着家里面。

“洪业！”成伯伯大喝一声，使了力气将一把剥好的蒜掷在桌子上。

蒜弹了一下，落在了地上，那只叫高头的鹅不晓得什么时候进来了，衔起蒜，一口吞了下去。

少女终于平息了咳嗽，虚弱地笑一下，转身走了。

我走出来，成洪才对我说：这几天，我大哥天天来家，他来过了，二哥还要来。

这时候，成洪才的五哥，成洪政走出来，突然回了头暴怒地朝屋里喊，操，顶班，等老头子死吧。说完狠狠掐灭了手中的烟头，扔在地上，看了我们一眼，依然是邪暴的目光，说，现眼！

后来才知道，成洪才并不是举家迁到南京来的。还有两个哥哥，留在了六合郊县。现在的房子，原本是成洪才的舅爷的。舅爷就是阿婆的弟弟。舅爷解放前在连云港跑码头，跑了许多年，一来二去攒了一笔钱，就到了南京来。开了个小机械厂，不过解放后公私合营，给并到国营的曙光机械厂里去了。曙光厂给舅爷一个进厂工作的名额。舅爷亲人只一个姐姐，自己没子女，就将名额给了外甥，就是成伯伯。没多久舅爷就去世了。成伯伯带上了小女儿，跟着阿婆进了南京城，两个儿子放在六合老家里。后来又在南京城里生了两个，老五和老六。所以，成洪才其实是生在南京，可是口音是改不过来了，随爸妈还是一口六合腔。阿婆本是江阴人，成洪才说话也会在末尾加上句——得哇，否则意犹未尽似的。这回，成伯伯快退休了，老大来了，老二来，跟老的打了持久战，都想着顶他的班。不为别的，有个南京户口就好了。可是手心手背，成伯伯为难得很。

过一天晚上，成洪才再到我们家，给了我一只鞋盒子。说：毛果，送给你。打开来，好多蠕动的白白的小虫。我说，这是什么啊。妈妈探了一下头，说，毛果，这是蚕啊，妈妈小时候养过的。我说，成洪才，你不要了么。成洪才叹了口气说：不要了。姐姐说，他们天天在家里吵，蚕惊了，就不长了，搞不好会死。

我很激动，这是我第一次见到蚕。成洪才又拎出一个塑料袋，说，这是桑叶，给蚕吃的。我取出一片就要放进盒子里。成洪才说，不行，要洗干净了。还要把水擦干净，不然蚕会拉肚子的。

我们将桑叶一片片铺在盒子里。成洪才一边对我说，蚕有两种，一种是桑蚕，吃桑叶，还有一种叫柞蚕，是吃柞叶的。桑蚕也不同，你看这个黑头的，叫虎头蚕。吃得多，将来结的茧子也大。

这一晚上，我和成洪才趴在桌子上，盯着盒子。看那些小小的动物，安静地将桑叶咬成一圈一圈的锯齿形。它们的吃相，是有条理而优雅的。成洪才让我闭上眼睛，听它们吃的声音。这声音是绵密的沙沙声，好像一张柔软的纸，被轻轻地揉皱了，再慢慢地展开的声音。

成洪才突然站起来，说，我走了，我大哥应该回六合去了。

我做事情，有着一般孩子不及的毅力和恒心。这回终于有了一个体现。我每天按时地换蚕沙，添桑叶。日复一日、不厌其烦地将新买来的大片的新鲜桑叶剪成易于食用的形状。然后就是长时间痴迷地凝视着这些蠕动的小虫。这是我父母都大为惊奇的，因我并不是天生这样心智安定。妈妈说，这孩子怎么会对这个事情这么感兴趣，别是有什么小农经济的思想。爸爸就笑着说，我看我们家是要产生资本主义萌芽了。

他们并不懂得我。我很珍视成洪才给我的这些蚕，像是看守了一些希望。它们是一些始终带给人希望的动物，因为，它们不断地在生长，而这生长是看得见的。这是让我着迷的地方。很多年后，看了巴里科的《绢》，我很能理解书中对蚕的赞美。时过境迁，只是几张蚕种，就有了家破山河在的希望，支撑人走到底去。

然而，它们实在是长得太快了。当它们扭动了肥白的身躯，在鞋盒子里造就出熙熙攘攘的局面时，我终于失去了在成洪才每次来的时候向他汇报生长进度的兴趣了。而更大的问题是，我将我所有的零花钱搭进去，也不足以在学校门口的老头那里购买足够数量且价钱昂贵的桑叶。但是，作为一个自立的孩子，我是不愿意再向爸妈伸手的。

成洪才说：我有办法，我知道哪里有桑叶。

从此以后，我放学就有了新的事情做。成洪才又表现出令我敬佩的地方了。他总是能够拐弯抹角地在附近找到一棵桑树。并不是盲目地找，而是心中有谱，好像一架卫星定位探测器。比如他说，今天去西流湾吧，少年宫后门那里好像有一棵。我们就去了少年宫，果然那里就有一棵。而探测的范围也随需求的增加越来越大。终于有天，我们徒步“远征”一直到了辅佐路。在和平桥底下，我们看到了预想的目标树。成洪才像一只猴子一样，噌噌地爬上去，将桑叶摘下来扔给我。这种采摘并不是暴虐的，因为成洪才有着原始的环保主义观点。他只会采下大的叶子，而留下树梢的嫩叶，用他的话说，芽掐得了，树就死得了。

采摘的难度，其实是不言而喻的。最险峻的一次，是一棵树斜生在污水泛滥的护城河上。不过，什么都是难不倒成洪才的。后来我终于不甘于做一个助手，要求成洪才教我爬树。我天生的聪颖使教学相长成为另一桩乐事。当我历尽艰辛，第一次站在一棵高大的桑树上，极目远眺，心潮澎湃。我对成洪才做了一个鬼脸，想的是，我毛果也有今天啊。

现在回忆起来，寻找桑树这件事，其意义远远超越寻找本身。这成为我对这座城市最初的人文地理探索。南京在一座城市新兴的表皮之下，有那样多的不为人知的遗迹，甚至在市中心这样被现代化清洗过的地方。这些，都是在我的成长路径之外的。比如，我们偶然发现在渊声巷后面的卤制品厂，其前身是一间教堂。因为有着一个被炸去一半的尖顶。墙头上倒栽的玻璃碴子，曾经是拱形的珐琅彩窗的碎片，是众多被分割过的圣经故事的一部分。而在屋檐底下，依稀还辨得出，雕镂着已被油腻的烟火熏得面目不清的耶稣像。在西桥附近的山坡，我们又发现了一个被废弃的防空洞。青条石上长满了苔藓，门廊上写了“李新岚是狗”。我们钻进去，光线慢慢黯淡，终于伸手不见五指，闻着里面经年的臊臭气，还听得见自己的呼吸。正紧张着，突然传过来一声怪叫，成洪才说，哈哈，活丑。我们才仓皇地跑出来。

我们的历险，有个固定的分享者，那就是成洪才的阿婆。阿婆是个举一反三的听众，她总是在耐心而艰难地听过我们的陈述后，大声地发表自己的见解。这些见解，往往带有迷信而独断的色彩。阿婆总是用见怪不怪的口气说，什么什么什么，南京那个时候，你们是看不到的。

南京那个时候，我们的确是看不到的。

那个时候，鼓楼公园以西的地方，全都是荒地。而西桥菜场一带，则曾经是个颇具规模的坟场。所以，到现在，还经常有些脍炙人口的鬼故事。这些故事在我们的小学里也曾经流行一时。比如说有些鬼会遁地术，有天晚上，一只鬼无端地从烤梅花糕的炉子里探出一个脑袋。这些当然都是扯淡。我不相信哪个鬼会忍受得了菜场里的市井喧嚣。然而，鬼这个意象所暗示的荒凉感，却对我造成吸引。阿婆是这些故事的集大成者。她讲的鬼，往往是带了烟火气的，且做派喜剧，像些孤独而恶作剧的孩子。阿婆讲完后，才幽幽地说上一句十分唯物且饱含世故的注语：这世上哪里有鬼，可怕的其实是人。这话经不起细想，因为个中意味是真正恐怖的。

而阿婆的记性，其实又是不大好的。所以经常将故事讲得颠三倒四，云里雾里。成洪才的姐姐成洪芸担当了这些故事的诠释者。她在阿婆的讲述告一段落的时候，会将情节给我们做些梳理，或者补充其中的疏漏之处。这些故事，她应该听过很多遍了。她的声音是很好听的，因为身体虚弱，说话往往有着游丝一般的尾音，在房间里回荡。

这时候，家事已经平息。成伯伯终于将接班的机会许诺给了成洪才的大哥。尘埃落定，两个儿子不再上门。这个家恢复了往日的宁静。黄昏的阳光照进来，被稀释了，在每个人身上笼了毛茸茸的一层。安静的气氛中又有一种同样静好的忙碌。成妈妈总是会从街道工厂接来一批活，在家里做。或者是些半成品的火柴盒、绒线花，或者是那些堂皇的大吊灯上的玻璃珠串。他们围着桌子，手上飞快地动作着，机器一样。成洪芸又似乎是手最巧的一个，做好的活儿堆成了山。然而，嘴上却还娓娓地给我们讲着故事。坐在她身旁，可以闻得见中药淡淡的苦涩味道。然而，她的脸上泛着喜悦的光，为她的虚弱带来了生气。讲到高兴的时候，她抬起头来，眉目温柔地对你笑一笑。我想，我要是有个这样的姐姐多么好。

后来出的那桩事故，让我深刻地体会到了什么叫作好景不长。

这天放了学，成洪才对我说，他在 N 大学的食堂旁边发现一棵桑树，还是营养价值极高的“奶桑”。我说，太棒了。

到了地方，那棵桑树真是让我大吃一惊，不说参天，也入了云，遮天蔽日，成精了。我们自然是采了一个够。本来是皆大欢喜了。满载而归的时候，路过食堂，远远看到一条狼狗在啃骨头，成洪才得意忘形，冲着狗猛吹口哨。那狗耳朵支棱一下，就追过来了。成洪才吓得跑。我跟着跑，跑得不及他快，只觉得小腿一麻。回头一看，血正顺着腿肚子流下来。狼狗的门牙齐根嵌进肉里去了，喉咙里还发出恶声恶气的呜噜声。我是忘了害怕了。瞧见成洪才也傻了，朝这边看了又看，撒丫子跑了。我闭了眼睛，说，完了。正当孤立无援的时候，食堂里的师傅掂了大勺出来了，大叫一声“娘的”，喝退了狗。看了看我的腿，说：“毁了。”说着又一把将那狗腿揪过来，在狗耳朵上揪一撮毛，燎了火就往我伤口上贴。我吓得直往后退，师傅一把揪住我，说：“娘的，止血。”血是止住了。师傅推了单车过来，将我抱起来放在后座上，说：“上医院。”走到半路上，看到妈妈迎面急急地走过来，旁边跟着成洪才。妈妈铁青着脸看着我。师傅结结巴巴地说：“对不起。”他正要做更多的解释，妈妈说：不怪你，是小孩不好。言简意赅的山东师傅如蒙大赦，说：“快，上医院。”妈妈回头对成洪才说，成洪才，你回家去吧。

在师傅的协助下，我被送到了医院，打了狂犬疫苗。看着我一瘸一拐地走出来了，妈妈并没有安慰的话。她痛心疾首地说：毛果，你已经变成了一个野孩子了。

第二天，成洪才拎了一个篮子来，说是阿婆让他送来的。他说，阿婆攒下来的，我们家小母鸡的头生蛋，很补，给毛果养伤。妈妈看了看这些玲珑的鸡蛋，叹了口气，说，阿婆要攒好久啊，我们不能收。成洪才，最近毛果功课忙，你不要来找他玩了。

我的软禁岁月开始了。除了上学，星期天上绘画辅导班，我被关在家里，做妈妈布置的永远做不完的参考题。腿上的伤已经好了。大院里一群孩子玩得震天响。妈妈用毛线针敲敲桌子，看什么看，该收收心了，我就知道，给外公外婆惯得不像样了。还有，都是些什么朋友，近朱者赤，近墨者黑。

我是气了，我不懂这句成语，但是听出来对我的朋友很不利。我说，成洪才不是猪，妈妈你还老师呢，骂人。

妈妈又用毛线针一敲桌子：做题做题。说完就不搭理我了。

我不在家的时候，妈妈将我的蚕送了人，送到一个不为我知的地方。这下我彻底缄默了。这是我与其他孩子的不同之处。当我为巨大的悲伤慑住时，不会用泪水来表达，而是长久地沉默，不复一个八岁男孩通常的饶舌样子。爸爸对妈妈说，你这是矫枉过正。妈妈说，我是为他好，他长大就明白了。

就这样过去了半个月。

这一天，我正在做功课，听见外面的铁栅门响起来。抬起头，看见一个丑陋的老太太，正在往门里望。我跳起来，大声地喊：阿婆。

阿婆对我笑了，露出了黑红色的牙床，也大声地喊：阿毛头。妈妈赶紧迎出来，说，您是成家阿婆啊。阿婆却将脸冷下来，说，你是他姆妈吧。

妈妈说，是啊，都说阿婆对我们毛果好，我早应该要谢谢您。

阿婆说，不要谢我，我对阿毛头不好，我家小六子将阿毛头带成了野孩子。

妈妈说，阿婆，我不是这个意思。

阿婆并不理会，说，小孩子不懂事，可是我们大人应该懂。我没有文化，可是我们江阴有一句老话：羊圈里圈不出赤兔驹。我们都很欢喜阿毛头。他一个人，没有兄弟姐妹，是很可怜的。你不应该关着他。

妈妈脸红了，我第一次看到，她一个大学老师，表现得这样无勇无谋。

阿婆接着说，小孩子要有小孩子的样子，要玩，只要不瞎闹，都很好。你和他爸爸工作很忙，你要放心，交给我带。要是带成野孩子，你就开罪我。

妈妈的口气很软了，阿婆，怎么好麻烦您……

阿婆这回笑了，一只眼睛眯起来：不麻烦，不麻烦，我们都欢喜阿毛头。

我一头扎进阿婆怀里，阿婆太伟大了。那是我唯一一次听到阿婆这样思路清晰地长篇大论，促成了成功的谈判，将我解救出来。

从此以后，我放了学，就在成洪才家里做功课。阿婆说，不做完功课不许玩啊，阿毛头的姆妈要怪罪的。不过做功课倒也不闷，因为阿婆给我们做好多东西吃。阿婆用红枣和薏米做八宝粥。红枣是六合老家带来的，薏米是自家在后院种的。粥在小火炉上慢慢熬，直熬到鲜掉眉毛。到了端午，阿婆做了一串元宝粽挂在我脖子上，粽子上串了五彩的丝线，神气得很。

这时候是五月底了，天气晴好。成洪才家里的每个人似乎都很快活。而我们并没有看出，一个人在悄悄起了变化。成洪才的姐姐成洪芸，还像以往似的，安静地坐在我们身旁。她的病，其实是好起来了。不怎么咳了。双颊丰润起来，那层稀薄的红晕褪去了。皮肤泛起了芽黄色，似乎不及以前好看，但却是健康的。因为她的安静，在这个家里，她时常被忽略。我们做功课，她一边做活一边注视着我们，那目光，仿佛母亲一样，又有些小心翼翼。有一次，老师布置了一道附加题。当我一筹莫展的时候，她突然开了口，说，拿给我看看。她看了，笑一笑，很快说出了答案，甚至没有在纸上演算的过程。这让我大为惊异，对这个姐姐刮目相看了。成洪才说：姐姐很来事（南京方言，厉害）的，以前在班上都是第一名。我这才知道，成洪芸以前在省重点木渎中学里，是个高才生。因为生病，才休了学。我说：姐姐，等你病好了，又可以回去读书了。她欢喜了一下，然后黯淡下去，又恢复到原来那种忧愁的笑容了：不晓得了。休了快两年了，班上的同学都上了大学了吧。

这天到了家，却没有看到姐姐，我们都很意外。成洪才问他妈妈，说是不知道。问阿婆，阿婆神秘地一笑，说，玩去了。小孩子，在家里闷了这么久，应该出去玩玩。

过了一会儿，却看到成洪芸从外面回来了。她再次让我们感到意外，这个成洪芸，不是我们熟悉的成洪芸了，好像另外一个人。长头发披散开来，烫了发梢。那件不离身的旧羊毛衫也不见了，穿了条白底红花的连衣裙。V 字领的，露了白皙的脖子出来。看到我们，笑了，这回笑得也不同，很灿烂，青春逼人。阿婆一拍手，说，我家小四儿，像个洋学生了。成妈妈倒是不以为然，皱一皱眉头：打扮成这样子干吗，过来做活。

成洪芸在家里的时间，是越来越少了。常常我已经回家吃饭，她还没回来。在家的时候，人显得轻快了许多，有时候嘴里还哼着歌。这都是以前未见的景象。手上做了活，她似乎又有些魂不守舍，望了窗外去。我们顺着她的目光看出去，什么也看不见。她就嗔怒道：犯嫌，做你们的功课。

有天我们放学，走着走着，成洪才停下来。我说，怎么了？成洪才说，姐姐。迎面走过来一男一女，女的果然是成洪芸。他们偎得很近，男的年纪也很轻，冲着成洪芸咬耳朵。成洪芸听了，在他胸前狠命地捶一把，又絮絮地说了什么。看见我们，成洪芸和那男人倏地分开。我们喊道：姐姐。成洪芸答应着，却有些不自在。已经走过去，成洪芸却又追过来，对我们说：六子，你和毛果回去别跟他们讲。我们点了点头，看她走远了，我问：成洪才，我们不要讲什么呢？成洪才说：废话，讲她谈朋友了呗。

我们又互相点了点头，守口如瓶。

六月中的一天，老五成洪政血头血脸地回来了，把我们都吓了一跳。成洪政喝了一口水，在嘴里咕嘟了几下，噗地吐出一颗带血的牙。成伯伯从腰里抽出皮带，恨恨地说，老五，你是皮又痒了。成洪政并不理睬他，冷笑一下，站到墙角去了，说：打吧。成伯伯真的气了，说，好，不信治不了你了。一皮带抽到他脊梁上：说，为什么打架？成洪政背对着他，仍是一声不吭。成伯伯又举起了皮带，成洪芸看不下去了，护着弟弟，说：老五，别犟了，好好跟爸说话。

成洪政猛地回过头，眼泪夺眶而出：我说什么，我有什么好说，还不全因为你。他们骂你搞破鞋，你是能听，我要脸，我听不下去。

成洪芸的脸白了，声音打了颤：你，胡说什么。

这回成洪政是放开了吼了：是，我胡说，你和叶建伟的哥哥叶志国。在三院的仓库，他们都看见了。

成洪芸身体晃了晃，手扶住了桌子。

成伯伯血红了眼睛，走到洪芸跟前，一巴掌扇上去了。这一巴掌太狠，成洪芸打了个趔趄，慢慢地蹲下来，捂了脸，血顺了指缝流出来。

阿婆颤巍巍地站起身，将拐杖朝成伯伯扔过去。成伯伯扶住她，她握紧了他的手，举起来：你打，你打我的老脸，朝这儿打。你这样打一个病孩子，你是小四儿的后爹啊？

我和成洪才都被这阵势吓坏了，跑了出来。

我问成洪才：什么是破鞋？

成洪才想一想，摇了摇头。

成洪才的姐姐成洪芸，遭遇了与我曾经相似的命运，被关在家里了。我想，因为成洪芸也成了一个野孩子了。

成洪芸又变回了原来的成洪芸。穿着陈旧的羊毛衫，头发挽了一个蓬松的髻，说话轻声细语。只是，她脸上连往日那种虚弱的笑容都没有了。

这时候到了南京的梅雨季节，天气闷热，潮湿，随便抓一把空气好像都能挤出水来。这一天，屋子里的景象是灰扑扑的。我们看着成洪芸，也成了屋里一个灰扑扑的陈设。她静默地坐在桌前，机械地做着活。做好了一些，放进盒子里，拢拢头发，然后接着做。

突然，成洪芸站起身来，捂着嘴巴，一阵阵地干呕。我们吓坏了，成洪才说：姐姐，你又病了吗？我去叫妈妈。

她惊恐地拉住我们，说，不要去，没有，没有……我好得很。

我离开成洪才家，他姐姐跟出来，说，毛果，大方巷你认识吧。

我点点头。

成洪芸说：姐姐请你帮个忙。你把这封信帮我送给这个人。

这封信上，没有收信人，只有一个地址。

六子不愿意送，怕妈打他。我说：为什么……成洪芸不让我说下去，只是将信塞到我手里，声音有些发抖地说：姐求你了。

我将信按照地址送过去，开门的是个年轻男人，我见过。那天在大街上，和成洪芸走在一起。

我将信递给他。他脸红了一下，很快平静下来，说：你跟她讲，红与黑。

我愣一愣，说：什么。

他重复了：红与黑。

我见到成洪芸说：姐姐，红与黑。姐姐的眼睛亮一下，释然地舒了口气，然后很激动地摸了我的头，说，毛果，谢谢你。

当天晚上，下了很大的雨。梅雨天的雨，没有这么暴虐的，混着大风。我们家院子里的梧桐树，掉下来一丫很大的树杈，被风刮下来了。

第二天放学的时候，成洪才对我说，姐姐走了。

我有了不祥的念头：啊，去了哪里？

去了广州，和叶志国一起走的，留下来一封信。大概是清早走的。

你爸妈怎么说。

我爸看了信，说，作孽。我妈没说什么。中午叶志国他妈找到我们家来骂人，说姐姐拐走了她儿子。

然后呢?

然后阿婆出来，说，不关姐姐的事，是她拐的他们两个，是她替姐姐打的包裹。

成洪芸就这样消失了。

阿婆在堂屋里头，摆了一个神龛，上了香火。阿婆看见了我，说：阿毛头，你也过来拜一拜菩萨，保佑姐姐，在南边平平安安。

我拜过了，问：阿婆，是你放姐姐走的么?

阿婆闭了眼睛，手里举着香，高过头：是老天，老天爷放他们走的。

夏天了，放暑假了。我们坐在后院子里，跟着阿婆乘凉。这时候的小院子是丰收的景致了。葡萄一嘟噜一嘟噜地藏在巴掌大的叶子里头，泛着丰实的青。其实不止是葡萄，还有透了黄的癞葡萄。还有丝瓜，优柔地垂下来，发了白的花。到了屋瓦上，还看得见一个团圆圆的大南瓜，已经是熟透了的。

几只油鸡都长得很大了。母鸡在土堆里扒了个沙坑纳凉。

公鸡踱了方步，在院子里走动，抖一下黑亮的毛，伸一伸脖子，要打出一个响亮的鸣。叫出来却是嘶哑的，自己先泄了气，继续走来走去。天太热了。

阿婆摇着蒲扇，打着盹。入夏以来，阿婆的精神有些不济。不怎么吃饭，伙着我们喝几口绿豆汤。成妈妈说，每年夏天时候都这样，老人最难熬了。

这天下午，来了一个人，戴了个红袖章。

这男人说自己是市容办的，听人报告说成洪才家养了家禽，所以来动员处理。

成妈妈问，怎么处理？

男人说：宰杀，吃掉。

成妈妈说：我们吃不掉这么多。

男人说：那就宰杀，掩埋，或者……委托我们处理。总之，一个星期之内处理掉。市中心哎，养那么多鸡算怎么回事，搞得跟乡下一样。市容健康，人人有责。省人代会要开始了，南京市民要做个表率。

成妈妈纳闷地说：人大代表会到我们家来看么。

男人一时语塞，想了想，有些不耐烦地说，你这个同志。我怎么知道，政策啊，政策就要听。

这时候，高头听到人声，摇摇摆摆地过来凑热闹。男人看见了，也很惊叹：这么大的鹅。那目光几乎是饶有兴味了。看我们都看着他，突然正色道：这也得杀！

成妈妈还要同他理论。

阿婆将蒲扇在藤椅上狠狠一敲，大声地说，杀，都杀掉。

男人说，你看，还是老太太觉悟高。

阿婆声音更大了，我没觉悟，你快给我走。

周末时候，我发现高头不在成洪才家门口了。

一进门，阿婆远远地喊，阿毛头，坐下来喝汤。我这才闻到一股浓郁的肉香。

我结结巴巴地问：不是，不是高头吧？

成妈妈叹口气说，都是鸡，不是高头。高头送到六合老家去了，养了四年的老鹅。怎么舍得杀。

八月底的时候，我们家四周围发生了很大的变化。许多平房上都用石灰画了一个粉白的大圈，圈里写了一个字——拆。

成洪才家的房子也写上了。

成洪才说，他们要拆我家的房子，要我们搬到二条巷的楼房去。

我说：成洪才，住楼房好啊。

阿婆说：我不要走，我要死在老房子里。

成洪才家来了许多人，叫作动迁组，说话似乎比市容办的还要不客气，说成洪才家是钉子户，妨碍市政建设。

阿婆说，我不要走，你们要拆，等我蹬了腿再说。

动迁组的人，下次再来，带了铁锹，将葡萄藤从架子上斩下来，田里的庄稼全都铲平了。

阿婆的一只眼睛里流出了泪水。阿婆说，你们拆吧，我离死不远了。

阿婆病倒了。阿婆躺在暗影子里，反复地念叨一句话：没的青打了，没的青打了。

过了一个星期，成洪才到我们家来，说：阿婆死了。

我呆掉了，愣一愣神，放下饭碗就跑出去。

我看见阿婆，哇地一声哭了。阿婆一动不动，身上盖着床单，身体缩成一个小孩子那么大。阿婆的一只眼睛睁着，嘴唇翻着，比活着的时候更丑了。

阿婆死了，没有人再喊我阿毛头了。

成妈妈说：阿婆没熬过夏啊，阿婆九十八岁了，都以为能活到一百岁的。

开学的时候，成洪才对我说：毛果，我们要回六合老家去了，爸爸退休了，这边新房子让给大哥住。

第二天，我和爸爸妈妈去送他们。

成洪才捧着阿婆的骨灰盒，上了一辆大卡车。

卡车要开的时候，我对成洪才喊：成洪才，你还要回来的，对吧？

成洪才也对我喊了一句话。卡车发动了，他的话淹没在发动机轰隆隆的声音里头了。

成洪才没有再回来。

他们家被拆掉了，原地盖起了一幢双层小楼，上面写着：南京市华侨事务办公室。

有时候路过，我会听见阿婆的声音，听见阿婆低低地说：没的青打了。

泥人尹

过年的时候，整理旧物。母亲发现一团蒙了灰的东西，用棉纸层层包裹着。打开来，是一只泥老虎。颜色斑驳，脊背上也已干裂出一道曲折的纹路。唯独面目还是勇猛凌厉的。

这是尹师傅的作品，说起来，真已经有十几年没见过了。

认识尹师傅，这大约要从朝天宫说起。

我成长的城市，是中国的旧都。老旧的东西是不会缺乏的。既有十竹斋这样的雅处，也有朝天宫如此平易近人的地方。小时候，因为父亲的引领，对这两个地方有过身临其境的比较。后者在我看来，简直就是乐园。对于孤陋寡闻的城市孩子，朝天宫具有庙会一类的性质。那时候的朝天宫，远没有现在的博物馆建筑群这样规整，有些凌乱。也是因为乱，所以带有了生气。有一个很大的类似跳蚤市场的地方，所谓的古玩市集，其实是后来的事情了。当时的气息很有些像北京的天桥。这市场里，有卖古董的，真假的都有；有做小买卖的，完全与艺术无涉；甚至还有敲锣鼓耍猴卖艺的。当然，还有一种艺人，是有真本领且脚踏实地的。他们往往有自己一担家当，左边放着原料，右边摆着成品。这决定了他们的创作是即兴表演式的。比如吹糖人的、剪纸的，都极受孩子们的欢迎。而尹师傅就是其中的一个。

如今记忆犹新，尹师傅在当时，是朝天宫的一道风景。凡到朝天宫，我是直奔他那里而去的。尹师傅的形貌，算是很有特色，总戴着度数很高的眼镜。眼镜腿似乎断过，缠着厚厚的胶布。藏青的中山装也陈旧得很，领子已经磨毛了，上面有些油彩的斑点。只是神情的专注是从未变过。

尹师傅是个泥塑艺人。

第一次买下了尹师傅的作品，是一只“大阿福”。这也是尹师傅做得最多的一种娃娃。其实是一种儿童样貌的神，很硕大。后来回忆起，大致相当于《千与千寻》里巨婴的形容。尹师傅做这类泥人儿，真是得心应手。因为他有个一分为二的木头模具，将泥填实，倒出来就是个胖大的儿童的雏形。尹师傅先给它刷上粉嫩的颜色，然后寥寥几笔勾出眉眼，腮上润上胭脂，浓墨重彩地涂上肚兜、长命锁或者金元宝，就算是完工了。

这只“大阿福”是我对尹师傅感兴趣的开始。泥塑并非南京的特产，这就使得他的本事在一众艺人中显得特立独行。

加上他又总是很寡言，即使在一群年幼的拥趸注目之下，也依然是很安静地做手边的事情。他有一本画册，上面整齐地画着用自来水笔描绘的图案，下面标着价格。这是他作品的样本，你若看上了其中的一种，就指一指。他点点头，就成交了一桩生意。由于他严肃的神情和沉默的态度，往往磨蚀了孩子们的好奇心，孩子们渐渐对他失去了兴味。当然他也不为所动，一如既往做他的事情。但是也有一些例外，我便是其中的一个。因为我对不明就里的东西，往往有一种执着。长辈们现在谈起我三岁时候的故事，在北京中山公园的树荫底下看一窝蚂蚁搬家，居然看了整整一个下午，都掩藏不住当时的担心——觉得这孩子其实有些痴，在现在看来，简直契合了自闭症的某些特性。而时间久了，尹师傅也终于认识了眼前的小朋友，并开始和我交谈。话题开初都是很简单和日常的，部分是出于一个成年人对孩童的敷衍。尹师傅的南京话十分难懂，有很多拖音，也掺杂着一些出其不意的入声。这是因为他吴语口音的浓重。当我渐渐适应了他的口音，有一天，便一针见血地指出，他做的东西，有点儿老土。并拿了附近剪纸艺人的“森林大帝”作为辅证，说明他不够与时俱进。尹师傅扶了扶眼镜，很认真地看了我一眼，依然没有说话。但我不知道，我的话却在将来造成了他手艺的改革。

尹师傅并不是南京人，老家是江苏无锡。无锡附近靠常熟有个地方叫惠山，出产着一门手艺，就是泥人儿。后来知道，这特产本有个凡俗的渊源，是寻常人家农闲时候的娱乐。因为它的全民性，有“家家善塑，户户会彩”的说法。这门手艺后来的商业化，导致了一些专业作坊的应运而生。其中最著名的是袁、朱、钱几家。尹师傅的师承，就是这朱家。那时候年纪小，并不晓得尹师傅为什么要跑来南京讨生活。捏泥人是尹师傅的事业，其实在他手中也分着层次。比方说“大阿福”。这种泥人虽然喜庆，但近乎批量生产，尹师傅说叫作“耍货”，是为讨生计而做，不入流的。而作为一个创作型的艺人，其实高下在于能不能做“细货”。这“细货”按传统应取材于昆山一带的戏曲。做这一类，人形雕琢完全来自手工，姿态性情各不相同。尹师傅有一整套的工具，从小到大，排在一块绒布里。最小的一个，用来雕刻五官的，是一根白鱼的骨刺。而对于戏曲的诠释，是他摊上的招牌，红衣皂靴的男人，瞠目而视。身边青衫女人，则是期艾哀婉的样子。我至今也并不知道是出于哪一出戏文。

以后的某一天，我发现尹师傅终于开始因人制宜，作品中出现了孩子们喜闻乐见的人物。比如一休和尚、蓝精灵，等等，都是热播卡通片里的，做得惟妙惟肖。神情间的活泼，很难想象是出自严肃的尹师傅之手。

出于友谊与感谢，尹师傅曾经为我专门做了一个铁臂阿童木。这时候，我们家里其实已经摆满他的作品了。

当我捧着阿童木，正欣欣然的时候，爸爸出现了。爸爸听完了一折《阳关》，正打算领我回家去。昆曲社和泥人摊，成了父子二人在朝天宫的固定节目。妈妈从来不加入我们，说人家都只争朝夕，你们爷儿俩可好，一个遗老，一个遗少，都赶上了。

爸爸看了看我手里的阿童木，目光延伸至摊子上的其他货品。过了一会儿，突然说，画得真好。

我相信这是由衷的话，多半来自他的专业判断。我一阵高兴，想爸爸终于认可了我的兴趣与品味。

尹师傅头也不抬，轻轻地说，三分坯子七分画。也没什么，都是些玩意儿。

爸爸说，不是，这是艺术。

尹师傅沉默了一下，手也停住了，说，先生您抬举。这江湖上的人，沾不上这两个字，就是混口饭吃。

都听出他的声音有些冷。

过了些天，发生了一起意外，对尹师傅而言，却足见“江湖”二字于他的不利。

我看到这中年人站在他一贯的摊位旁边，垂着头，手藏在半耷拉下来的套袖里。泥人挑子则被打翻了，压倒了一棵人行道边上的冬青树。一块赤褐色的黏土泥坯腻在地上，上面印着一个巨大的解放鞋的鞋印。鞋印的主人，是个黧黑的汉子。站在尹师傅的面前，粗暴地谩骂。内容很苍白，无非污秽的周而复始。

尹师傅赤红着脸，却没有任何还口之力，只是一遍遍地说，你这个人，你这个人……

汉子身后的地瓜炉子，和他的身形一样巨大敦实。即使是我这样的小孩子，都看得出这是典型恃强凌弱的一幕。

围观的人多起来，汉子似乎有些人来疯。将身上的汗衫脱下来，拧一把汗，走近前，用手肘捣着尹师傅的胸膛。中年人于是趔趄了一下，声音更为虚弱，说，你……得饶人处且饶人。

我心里紧了一下，挤出人堆，向昆曲社的方向跑过去。昆曲社在朝天宫西北方一处陈旧的建筑里，据说以前是太庙的所在，现在却破落到连大门都没有了。我冲进去，台上一个上了年纪的小生正在惆怅地咿咿呀呀，看到一个莽撞的小孩子东张西望，似乎也有些分神。有些观众就发出嘘声。我看见父亲回过头来，用严厉的眼光看我，因为我败坏了人们的雅兴。我也顾不得了，终于看到了坐在前排的大盖帽，眼睛一亮。大盖帽是父亲的票友老王叔叔，在附近的派出所做副所长。王叔长着一脸的络腮胡子，不笑的时候，像极了年画上的门神。因为他的威武与粗鲁，我一直很怀疑他是不是发自内心地对这种曲高和寡的艺术感兴趣。但这时候，我却觉得他在这里实在是恰到好处。我扯着他的衣襟，把他往门口拽。他有些惊讶地看着我，又看看台上，然后以息事宁人的神情跟我走出去。我推着他挤进人堆。尹师傅正躬下身去，收拾自己的挑子。他捡起了地上装工具的绒布包，抬头看见我，又颓唐地低下去。王叔以职业的敏感，立即明白了是怎么一回事。他咳嗽了一声，走到了汉子跟前，说，执照呢？汉子愣一下，问，什么？王叔放大了声量，说，营业执照。汉子说，这个鬼地方，还要执照？王叔说，什么地方都有个王法，小孩子都懂。收拾东西跟我走。人群中爆出一声“好”来。汉子的脸有些灰，说，走就走。他跟在王叔身后往外挤，有人撞了他一下，是故意的。他于是凶恶地叫，妈的，我干革命小将那会儿，也没见你们这么来事。王叔回过头，眼睛张了张。他立即恢复了英雄气短的样子，快步跟上去。

人散了。我这才看见，父亲也来了，不禁有些发怵。父亲并没有责备我，只是也弯下腰，与尹师傅合力将他的泥人挑子支起来。尹师傅打开绒布包，拣起那根白鱼刺，迎着阳光照一照。我们都看出来，已经断掉了。他仍然包进了包里，闭了一下眼睛，然后轻轻地叹了一口气，说，流年不利，人心不古。

我很奇怪，他脸上并没有很愤慨的神色，仿佛在评价发生在旁人身上的事情。这时候，我却看见他的胳膊肘上，正从白衬衫里渗出殷红的血色。爸爸也注意到了，说师傅你伤着了。

他撩起袖口，是个寸余长的口子，却很深。不知道是不是刚才争执的时候剐伤了。他看一眼，又将袖子放下来，说，不碍事。爸爸说，这不成，天这么热，要发炎就麻烦了。师傅，我们住得不远，到我们家包扎一下。

他没说话，却站着不动，是推脱的意思。我使劲拉他一下，说，师傅，快走吧。

妈妈见我们带了个陌生人来，有些奇怪。再加上他的样子又分外局促，神情都有些尴尬。我没等爸爸解释，使劲指了指床头整齐排成一排的泥人，说，这是尹师傅。妈妈立即意会，表情舒展开，说，原来是尹师傅，我们家毛毛整天念叨的。尹师傅看见自己的作品，眼神也活了，说，女同志，您客气了。都是小先生错爱。

我立即觉出他言辞间有趣的错位，我妈妈是女同志，而我却是小先生。

爸爸央妈妈去拿医疗箱，一边请尹师傅坐。尹师傅坐下来，眼睛却瞥见了茶几前的一幅山水，脱口而出：倪鸿宝。

这的确是倪元璐的手笔。爸爸遇到知己似的，说，师傅对书画有研究？

尹师傅欠一欠身：翰墨笔意略知一二，“刺菱翻筋斗”的落款，是最仿不得的。

爸爸说，师傅是懂行的。

尹师傅说，让先生见笑，胡说罢了。

爸爸沏了茶给他。他谢过，捧起茶杯，信手抚了一周，轻轻说，先生家是有根基的。

爸爸会心笑了，这些老人留下的东西，前些年可让我们吃了不少苦头。

尹师傅说，也亏了还有先生这样的人，祖上的老根儿才没有断掉。

爸爸终于说，师傅，别叫先生了。叫我毛羽就好。

尹师傅又半躬一下身，说，毛先生。

其实我并不很清楚是什么造就了尹师傅与我们父子两代人的友谊。以后爸爸来朝天宫，总也要到泥人摊上转一转，与尹师傅聊上一会儿。我并不很懂得他们在聊什么，但看得出，他们是投机的。甚至有的时候，尹师傅会忘记了还有做生意这回事情。这时候，他木讷的脸相也有些不同，变得些许生动起来。

以后的一些年，这些交流还在继续。及至我上了中学，朝天宫一带其实有了很大的变化。倒是午朝门翻建了明故宫。新的堂皇的广场，是毫无古意的，每个周末都聚集了放风筝的欢乐的人，越发显出了朝天宫的黯淡与没落。再就是，在这里摆摊的人，似乎都换了面孔。面孔换了几茬，据说有一些是另谋生计去了。一个卖梅花糕的，在评事街开了铺面，生意竟越做越大。再来的时候，有些衣锦荣归的意思，邀请老伙计们去他的西餐厅吃饭。

什么都在变，不变的大约只有尹师傅的泥人摊。生意没有更好，但也没有坏下去。顾客还是孩子们，一些长大了，不再来了，便有一些更小的接续上来。

有一天，爸爸一回家来，脸上是很兴奋的神情。一面回房间翻了一阵，翻出许久不用的理光照相机。因为并没有外出旅行的计划，我和妈妈都有些摸不着头脑。

爸爸对我说，毛果，我们去找尹伯伯。

我们到的时候，夕阳西斜，尹师傅正袖着手打盹。耳朵上夹着一支烟，人也有些佝偻。这中年人，这时候便显出了老相来。爸爸没有惊动他，只是拿着照相机，对着摊上的泥人拍了一阵。尹师傅醒过来，眼神有些发木。

爸爸高兴地对他说，老尹，你的玩意儿，遇到懂的人了。

尹师傅的嘴角便扬一扬，说，先生又玩笑，怕是没有比你更懂的。

爸爸摇摇头，说，最近我们研究所，在搞对外经贸交流年会，就有批专家来商量合作的事。你可记得上次送我的那只泥老虎。我摆在办公室里。有个英国人见了，爱得不行。聊起来，原来他是 SOAS（伦敦大学亚非学院）的客座教授，专研究亚非文化的。他说难得一见这样地道的民间艺术品，想要看你更多的作品。

尹师傅嗫嚅了一下，说，是个洋先生么？

爸爸说，洋人也没什么，艺术无国界。只要是好东西，就应该让更多的人知道。

后来，我目睹了这个叫凯文的英国教授，在看到这些泥人时的反应。这间十多平方米的斗室，是尹师傅的家，简朴到只有一张床和一个立柜。其余的地方，满当当地摆着泥人。有的上了彩，有的还是素坯。因为太多，色彩又繁盛，任是谁都眼花缭乱。凯文轻轻抚摸其中一只“杀鬼钟馗”，眼里是一种疼惜的目光，仿佛对着初生的婴儿。他回过头来，用清晰的汉语对我们说，这才是中国的。

凯文的目光，又在立柜的一侧停下来。并不显著的位置，摆着一个泥塑的半身像。还没有上色，但辨得出是一个女子，现代的装束，齐耳朵的短发，有一双看上去很柔美的眼睛。

在他还在端详的时候，我们都听见了隔着布帘的里间，有极细隐的如同猫叫的声音传出来。

尹师傅快步走进去，拉开了帘子。

尽管灯光暗淡，我们都看到一个坐在轮椅上的年轻男人，半边脸抽搐着，正在呻吟。他的右手抬着，指尖弯曲。这并非一只成人的手，畸形地翻转。尹师傅将一块布塞到了男人的嘴巴里。

在我们的目光里，他将男人的头搂在怀中，平静地抚摸，轻轻地说，我儿子。

这年的年尾，尹师傅的泥人，出现在了英国的《新世纪艺术年鉴》上。尹师傅婉拒了伦敦艺术双年展的邀请。他说，我是登不上台面的，就是个手艺人。况且，生意走不开，还有我儿子。

凯文再次找到他，是在第二年的秋天。凯文对爸爸说，他想和尹师傅谈谈生意的事。他说，他的弟弟开了一个工艺品公司，希望尹师傅能成为他们的合作伙伴。他们会为他在中国安排专门的工作室，以后他的所有作品，会直销海外。

尹师傅摇摇头，说，离开了朝天宫，我就什么都不是。

凯文说，您是个值得尊敬的艺术家，理应过上更好的生活。

尹师傅眼角低垂，说，穷则独善其身。

凯文顿一顿，终于说，您应该也希望您的儿子获得更好的治疗。

这中年人的嘴角抽搐了一下，没有再说话。

以后的许多日子，我们都没有再见到尹师傅。爸爸说，他太忙了。听凯文说，有太多的订单。但是他的功夫又很慢，东西都是一点一点磨出来的。

爸爸说，这个老尹。

尹师傅再出现在我们家，是接近春节的时候。他是来给我们派喜帖的。他说，他儿子要结婚了。我们心里多少都有些惊异，但还是由衷地恭喜他。

他笑着，并没有很多富足喜气的神色。

婚礼上，我们见到了新娘。是个黑红脸的干练女子，一杯接一杯地跟来往的亲友敬酒。她端了满盏酒到了我们跟前，跟爸爸说，毛叔，没有您，就没有我和尹诚的现在。您对我们有恩情，我敬您。说完了，她便一饮而尽。

爸爸有些发愣，大概不知怎么接话。因为在之前，他是没见过这个女人的。

尹诚是尹师傅的儿子，这时候远远地坐在角落里，眼神茫然。胸前的红花已经落在了地上，好像眼前的一切，都不关他的事。

后来我们知道，这女人来自六合乡下，是尹师傅一个亲戚介绍的。但这段姻缘如何促成，却没有太多人了解了。

又过了些时候，是尹师傅买了房，邀我们去新居参观。新居在月牙湖一带，是南京城最早期的高尚楼盘，妈妈说，看来尹师傅是做得不错的。

来邀我们的，是他的儿媳刘娟，还有儿子尹诚。尹诚依然还是沉默的，脸色似乎好了些。手也不太抖了，安静地蜷在西装的袖子里。这西装穿在他身上有些大，但看得出，是朝好里买的。他看到我，咬一下嘴唇。我对他笑了笑。他似乎受了惊吓，赶紧又将头低下去了。

刘娟也笑一下，声音有些干。她说，我这辈子，要能生出个毛毛这样的孩子，真就是造化了。

妈妈就将话题岔开去，说，这孩子小时候其实厌得很，也是家里管得严。

接着又问他们装修的情况。刘娟便骄傲地叹了一口气，说，里里外外还不是我一个人，他们爷儿俩能帮上什么。老头儿在工作室里赶活，面都见不到一个。从买材料到找工程队，让我跑断了腿。原先请了个监理，用了几天，大小事上丢奸，让我给赶走了。我这个人，可是眼里揉不进沙子的。就是累了自己了。

这年轻女人很有气魄地挺一下胸，说，还不是熬过来了。

爸妈都说，是啊，装修可不是个容易的事。

她就从手提包里拿出一叠照片，对我爸说，您是行家，也给参谋参谋，看我的主意拿得妥不?

爸爸翻看这些照片。房间里吊了厚厚的顶，刷了玫瑰红的墙纸，大吊灯倒是很堂皇的，流光溢彩。各种家具也是大而实的，整个家里看上去满当当的。

爸爸就说，其实，现在是比较流行简约的。

刘娟就说，有了好日子，不是要过给别人看吗?

妈妈问，哪个是尹师傅的房间？

刘娟愣了一下，说，他不跟我们住。说是住不惯楼房，宁可窝在三元巷那块。

又过了些日子，父亲领着我去工作室看尹师傅。说是工作室，其实是靠着莫愁湖的一间民房。改建过了，四周都是大块的玻璃，采光很好。透过窗户，可以看得见大大小小的泥人，摆在通顶的木架上。还有一个低头劳作的身影，全神贯注地在揉一个泥坯，那是尹师傅。

尹师傅看见我们，立刻笑了，擦了擦手来开门。

进了门，才闻到很大的烟味。尹师傅原来是不抽烟的。我揉了揉鼻子，他也想起来，赶紧打开门窗，说，透透气，没法子，最近抽得多，解乏嘛。

我正东张西望，尹师傅说，毛毛，伯伯给你留了好东西。说着在架上搜寻起来。接着爬上木梯，端下来一个盘子。

盘子里是一群小和尚，或站或卧，诵经的，打坐的，偷懒打盹儿的。形态各异，憨态可掬。我捧在手心里，看着也乐。

尹师傅便说，眉眼挺熟的吧，可是照咱毛毛画的。

爸爸也笑说，也就你还把他当小孩儿。这孩子要是有几分和尚的定力，我和他妈妈可就省事多了。

我这才发现，尹师傅的泥人，和以往不同，被分成了不同的门类。好像部队，有了不同的名称和番号，井然有序起来。木架上被贴了标签，有的写着“戏文”。不同的作品底下也有小字，打渔杀家、宇宙风、贵妃醉酒，等等。还有的贴了民俗。就是一些小人，都在做着日常的事情，有婚嫁的、摆酒的、祭祀的，甚至还有开桌打麻将的。一个木架，竟成了个小世界。还有一架叫“西洋”，都是些洋人，多半裸着身体。这自然也是艺术的表达。尹师傅却好像有些不安，说，有些客户，指明要这种。我本来不想做的，成何体统。父亲说，老尹，你也应该解放思想，艺术就要兼容并蓄。

尹师傅就笑了，说，也对也对。

说着，尹师傅抽出一支烟点上，又让爸爸一支。爸爸接过来，说，烟还是要少抽，看你最近脸色不大好。

尹师傅便说，不碍事，睡一觉就补回来了。

说完又笑了，笑得仍然有些倦。

临走的时候，我发现那尊女人的半身像，摆在窗台上。笼在夕阳的光线里头，轮廓很好看。

偶尔又去了朝天宫，其实读中学以后，我已经很少来这个地方。看起来，似乎比以往又萧条了些。也可能是因为没了尹师傅，朝天宫也不是以往的朝天宫了。

大约在半年后，接到了尹家的电话。刘娟打来的，说是要请我们全家吃饭。爸爸就问，难道是又有了什么喜事。回说，也没有什么特别的，就是好久不见，也该向毛叔和婶婶问安。

到了下午，刘娟就开了桑塔纳过来接我们。说起话来，还是一团火似的模样。说是去状元楼。到了包厢里，迎面看到尹诚，又胖了些。尹师傅坐在一旁，却是有些见瘦。脸色也灰黄的，挂着笑，却看得出有心事。坐下来吃了几道菜，又寒暄了一阵。爸爸到底还是问，是不是有什么事儿。

刘娟向尹师傅看一眼，轻笑说，咱也不瞒毛叔，是有点儿小忙请您帮。对您也就一句话的事儿。

尹师傅转过头，都听见他叹了口气，声音也有些粗：我就不知道，怎么就是一句话的事儿。

刘娟倒不动声色道，这话说的，毛叔是场面上的人，可不就是一句话。

事情就铺开来。原来，这半年工作室的订货量增加，尹师傅忙不过来。前不久，刘娟作了主张，为公公招了几个助手。其实都是艺术学院的大学生，帮忙出活儿，作品则记在尹师傅的名下。可是两个月后，就出了事，一批东西在欧洲全部被退了货，说是品质下降得厉害。这事儿弄得英国的老板很恼，了解了原委后，竟然提出要和尹师傅解除合同。双方现在在僵持。刘娟说，毛叔您和那个凯文有交情，就求您跟他说说。

爸爸想想说，那我就跟他说说，可是，你们做得是有点不大妥当。工作室不是作坊，人家要的就是尹师傅的作品。

刘娟就敬上爸爸一杯酒，说，可不是嘛。我公公在多少人眼里都是宝。可他这么没日没夜，任谁也心疼。只是，这钱来了不赚，也实在说不过去，您说对吧。

尹师傅没说什么，低下头，只是吃菜。

爸爸就跟凯文说了，对方说问题也不很大。只是，西人向来讲究个诚信，下不为例就是了。

爸爸就说，也跟你这个兄弟说说，别太资本家。老尹到底是个手艺人，慢工出细活。订货太多了怕他吃不消。

凯文便说，这你可冤枉我们了。订货量是他自己要求增加的，我可从旁人那听说，他有个厉害的儿媳妇，做公公的是言听计从。

尹师傅出事的消息，也是从凯文那里知道的。说是打电话给工作室没人听，过去一看，尹师傅昏倒在桌上，手里还攥着一把刻刀。

在医院走廊上见到凯文，心里都有些黯然。尹师傅的报告出来了，已经是肝癌晚期。凯文说，老尹现在的状况，他兄弟也很遗憾，刚刚给他送了一笔慰问费。不过这个工作室，恐怕是要撤销了。

爸爸苦笑了一下，说，你们的动作，也未免太快了些。

尹师傅看我们来，眼睛活泛了些，张开嘴要说话。爸爸制止他，说才手术过，说话伤身。

尹师傅摇摇头，终于说，他毛叔……

然而也依然没说下去。

他身边是个脸色衰老的陌生女人，帮忙招呼我们，说是孩子的老姨。女人手里端了一碗粥，一边朝碗里吹着气。大约觉得凉了些，才掂了一把小勺，往尹师傅嘴里送。尹师傅喝了一口，头偏一偏，说，不吃了。

她愣了一下，又舀起一勺，有些坚持地送过去。尹师傅闭上了眼睛，声音坚硬了一些，我说不吃了。

我们和尹师傅没有说很多的话，只是陪他坐着。隔壁房不知道是谁打开了一只念经机，断断续续有些佛音传过来。这时候听过去，竟有些凄凉。

大概又过了很久，有个护士进来，对我们说，病人要休息了，你们请回吧。

尹师傅这时候已经睡着了，面相安静。

从窗户望出去，已经是漆黑的一片。

我们走出去，看见走廊的尽头，坐着一个人。是刚才那个女人。爸爸说，过去和她说一声吧。

走到她跟前，才发现，她在啜泣。看到我们，她擦一下眼睛，站起来，对我们说，走了？我送送你们。说完，艰难地对我们笑了一下。

在电梯里头，光线映在她浑浊的眼睛里。我们看到，一行泪，沿着她满布皱纹的脸，又流下来了。

她说，毛同志，老尹真的没几天好活了么？

我们不知道怎么安慰她。她轻轻地将头在墙上靠了一下，这是谁作的孽？我只是想为他们好。我介绍刘娟给他们，就是想他们爷儿俩能有个照应。我妹死了后，家里该有十几年断了女人了。

爸爸犹豫了一下，终于还是问道：您是他爱人的姐姐？

女人眼神散了，说了一句话，声音很虚弱，但是听得见其中的苦楚，她说，我配做这个姐姐么？

在短暂的沉默后，她终于又开了口，略微激动的情绪也平复下去。意外的是，一个我们并不熟识的尹师傅，在她有些嘶哑的声音里，渐渐清晰。

尹师傅大名尹传礼。说起来，尹师傅的祖上在无锡，称得上一个大家，是当地有名望的士绅。家业也丰厚，历来有“尹半城”之称。然而到后来，这家里却出了一个人物，就是尹师傅的父亲。因为政治上的抱负，年轻的尹先生投到了孙传芳的麾下。甚至携上了大半的家产，有些破釜沉舟的意思。几年下来，位至团长，自己也颇有些得意。然而好景不长，北伐军十九路军南下，这支部队首当其冲。孙氏自知大势已去，为保浙江的嫡系，也壮士断腕。尹团长孤军抵挡，终于全军覆灭。同族人对他的举动，早已侧目，觉得不安分。这时候，更纷纷划清界限，甚至排挤，以示公义。众叛亲离之下，尹父终于在数年后积郁成疾，临终托孤给一个朱姓的朋友。

这朱姓朋友的家里在惠山。春申朱家，虽非书香门第，却也是有渊源的艺人世家。出产的泥塑，做过前清朝廷的贡品，在地方上都有记载。

这位朋友自己则在县里担任文职，兢兢业业。朋友是有德行的人，早年又受过尹父的恩惠，受人之托，对尹传礼视如己出，在教育上不遗余力，甚至要求比自己子女更严苛一些。因为本业之故，家中大小玩泥塑是自然的事，然而对于传礼，却是禁绝的。因为朱伯父觉得，这始终是不入流的东西。尹父自己行错了路，是看错了时势，跟错了人。说到底，是胸襟不够。男儿胸中有沟壑，玩物必丧志。所以，除却观摩家中的字画金石，用于冶炼情操，传礼并无其他可以培养爱好的项目。

这少年人逐渐长大了。朱伯父却隐隐还是觉出了不对。虽说传礼为人是十二分的规矩。但对于大丈夫的道理，修齐治平之类，似乎并无想法。问起所谓宏愿，亦无关仕途与经济。有天朱伯父去书房探他，见他听到人声，就用书本遮住了什么。

朱伯父于是将这本《樊川诗集注》掀开，愣了一下。书底下是只泥塑的大公鸡。虽未上色，却已粗具神采。尤其是一对翅膀，跃跃欲飞。朱伯父心里暗赞了一下，随即又正色道，这是哪来的。他想，无非是家里把玩流传的耍货，到底还是个孩子，经不起诱惑，教训几句就是了。然而，传礼犹豫了一下，清楚地回答他，说，我做的。这一答未免让他心惊。

朱伯父骇异之余，第一次动了气。然而传礼这时开了口，说感谢他多年的养育。本没有忤逆之心，但他对这泥塑，是真的爱，愿意作为毕生的事业。他知道伯父是为了他好。但人各有志，真是强求不得。

这寡言的孩子，从来未这样健谈。做长辈的一时间百感交集，只觉得自己的心血被辜负，又抱愧故去的老友。一句“人各有志”却真正伤了他的心，听罢拂袖而去。

待人静下来，再细细看去，觉得这绝非初学所作，便又问说是谁教的。传礼照答说，没人教。

这便是天分了。

这时候的时局，其实又动荡了些。朱伯父想起自己的处境，亦是无着，就有些感慨。这么多年来，对这孩子的前途，其实多少有些一厢情愿。时势造就之功，可遇不可求。然而，治世乱世，有一技傍身，却是没有错的。他便下了一个决心。

第二天，他便带了传礼去见了他的堂兄朱文忠。朱文忠是惠山排行第一的泥塑师傅。若这孩子真有造化，也就过得了他这一关。

传礼坐定，朱文忠便要出题考他，却见这孩子手在桌子底下活动，问他做什么。他就伸出手，掌心是一个泥人的头像。定睛一看，竟和朱文忠的面目不差分毫。堂兄弟两个便知道，这孩子是铁定要吃这碗饭了。

在三十岁上，尹传礼已经是惠山最出名的青年艺人。朱文忠年事渐高，也想有人能继承衣钵。朱文忠膝下无子，只有两个女儿。一个指腹为婚，嫁去了南京六合。小的那个待字家中，亦心有所属，便是这个姓尹的年轻人。朱文忠看在眼里，暗暗也为女儿定下了终身。

所谓风暴，自然是突如其来。仿佛一夜之间，镇上突然贴满了大字报。在这个郁燥的夏天，朱文忠先是看到自己的名字上被打上了血红的叉。底下写着，“走资本主义道路的铁杆分子”。这老艺人正茫茫然什么叫作“资本主义”，已有人上了门来，顷刻间家里天翻地覆。小将们叫嚷着“破四旧”，要他们尽数交出工具。尹传礼年轻气盛，上前问，交出来，靠什么吃饭？对方一个青年狠狠推他一把，说，你想跟革命讨价还价吗？

传礼暗暗捏了拳头，说，我的工具就是这双手。小将便围上来，反拧了他的胳膊，说，那就毁了你的手。说着举起一把捶泥坯的木槌。做师傅的看在眼里，不管不顾地冲过来护住传礼。木槌没犹豫，落在老人的后心上。

朱师傅在半个月后撒手人寰。临到走，也没有说上一句话。弥留之际，突然眼睛亮了一下。传礼和他女儿若英赶紧坐在他床前，他伸出胳膊，拉过传礼的手，又拉过女儿的手，放在传礼的掌心。嘴角抿一抿。

朱师傅过世一年，传礼和若英就给他守了一年的丧。两个人以兄妹相称，谁都知道他们的情比一般夫妻要厚得多。族上几个老人就要给他们操办。传礼摇头，说师傅身后未满三年，这时候办喜事，是为不孝。

这时候，却有镇“革委会”的人找他，问他还想不想做回本行。他便说，我现在干惯粗活的手，沾不得“四旧”。对方就说，给你个机会做革命文艺工作者，就看你会不会做。传礼就问，要怎么做。对方阴飒飒地说，那就要看你的表现了。

就约他晚上去“革委会”办公室。传礼不明就里，就去了。人一进去，门就给人从外面锁了。怎么叫喊也没用。到了后半夜，才有人开了门，跟他说，滚。

他回了家，看见若英房间灯亮着。他走进去，看见若英正对着窗口嘤嘤地抽泣，看见是他，先呆了。突然就站起来，上上下下抚摸他的脸，终于就大声哭了。

女人嘴里说，以为见不到他了。他隐约觉得不对，就问发生了什么事情。若英又愣了一下，说，他们说你写了反动文书，给扣在“革委会”了。看来是死罪一条。

谁说的？

李主任。若英的眼光有点躲闪。李主任是“革委会”的头儿。若英的脖子这时候迎着光，上面有浅浅的淤痕。他心一紧，有炽热的东西涌动上来。

在他正要冲出去的时候，若英拉住他，说，他说，不这样就不放你回来。

他的心被鞭打了一下，一回身，紧紧搂住了这女人。

若英有两个月身孕的时候，他们结了婚。

他说，孩子留着吧，都是一条命。生下来，我就是他爹。

腊月，这孩子生下来。是个小子，不哭闹。可稍大一点，都看出身体有毛病。

若英说，我要为你生个好的。

若英怀上了他的孩子，两个人守着希望似的。这孩子怀了九个月，有一天说是要生了。赶到医院，医生说，怎么现在才来。

剖腹产，剖出一个死胎。

晚上，女人大出血。妇产科的实习医生慌了神。问起主任医生，在牛棚里。抢救到半夜。

天蒙蒙亮，若英阖了眼睛，临死也没说一句话，脸色煞白地望着他。

尹传礼一个人带这孩子，带了两年。有人看他一个大男人养孩子艰难，就要帮他介绍个新寡的妇人。他摇摇头。

“革委会”干部都换了一遍。新的主任问他，有革命任务给他。

他愣一愣神，苦笑说，我们家里没有女人了。

主任瞪一眼，革命是用来开玩笑的吗？

原来革命任务是做主席像。

他的双手插在泥里，有些陌生，有些怯，但也有些暖意沿着指尖传上来。

他做出的主席像，谁都说像。

方圆百里的人家，都供着他做的主席像。

他做主席像，做好了一个，下一个还当是新的做。每次看到主席被人恭恭敬敬地请走，心里都一阵发空。不过长了也就有些淡了。

到有一天家里的孩子发了高烧。送去诊所打针，没退。送到县里医院，孩子已经烧糊涂了。烧总算退下来，孩子却站不起来了。本来还有一双腿是好的。

他责备着自己。“革委会”来了通知，说要送青山镇的友谊乡一尊主席像。要他连夜赶出来。

他忍下苦痛，做到后半夜，睡着了。起来，接着做。做好了，等着人来请。主席还是笑吟吟的，是包容天下的伟人。

清早主席被请走了，中午来了一帮红卫兵，要抓现行反革命分子。是他。

主席下颌上周周正正的一颗痣，给他点到了右边。这是企图替右派翻案。手法阴险，居心可诛。

临去劳改农场，看见妻子的姐姐若兰，带走了他的儿子去六合。

这一走便是九年。

九年后，他被放出来，已经是衰老的中年人。老家里没有容他的地方。妻姐说，来南京吧。你儿子长大了，说不了话。蹦出个一两句，都是六合腔。

他说要自食其力，做他的老本行。就在朝天宫摆了摊儿。

养儿子，养自己。闲下来看《周易》。就是不看自己的命数。

后来发达了。妻姐便说，家里得有个女人。尹传礼说，我不要，你给你外甥找一个。若兰便叹一口气，说，给你找一个还容易些。

后来便找了农村户口的姑娘，是若兰夫家的远亲。人看上去还本分。不好看，能吃会做。就是话多些。

这姑娘就是刘娟。

我们听到这里，都突然想起来。今天陪着尹师傅，并没有看见他的儿子儿媳。

半老的女人看了我们一眼，说，我找了她来，是我作的孽。谁还料想，她能有这么大的能耐。我们都没有提防，为能留住她，连房产证上写的，开户用的，都是她的名字。

我们于是都知道，这个叫作刘娟的女人，怕是不会再出现了。

尹师傅的丧事，办得很简朴。人来得不多。一些说着无锡话，是老家的亲戚。没有什么人哭，都是面相木然。尹诚坐在轮椅上，头上戴着孝帽。手抽搐了一下，又一下。

遗像上的尹师傅，眉目有些模糊。大概是用的一张放大的证件照。因为模糊，脸上的千沟万壑，似乎都舒展了些。人也年轻了些。

我们身后传来凯文洋腔洋调的中国话，说，可惜了。

喝完了豆腐汤，叫若兰的女人跟我父亲说，毛先生，央你件事情。说完，拿出一个信封：老尹留下把钥匙，开床底下那口木箱。他临走前说，请先生你来开。

箱子从床底下搬出来，虽然陈旧，却并没有灰尘。

锁开得很顺利。

打开来，是一箱子的毛主席半身像。

泥塑的主席像稳稳地坐在箱子里，底座上标了不同的年份。每一个，都端端正正地在下颌上点了一颗痣。

阿霞

阿霞小我一岁，属羊。

阿霞个子不高，敦敦实实的，来城里半年了，也没有消去腮上的两块红晕。其他人开玩笑，说那是红二团。

我穿着制服，跟着杨经理走进大厅。好多人围着桌子折纸巾，有的抬起头来看见我，就笑一下，有的头也没有抬。

大厅里四面装着大镜子，明晃晃的。我想姚伯伯到底是国外回来的，除了带回了经营理念，也懂得视觉空间的延展魔术。在寸土寸金的市中心，盘下这么大一个门面本就不易，现在因为有个镜里镜外的缘故，竟似乎又大了一倍。

每面镜子里都有一个我，还都是别别扭扭的样子。制服松松垮垮的，走动起来两袖清风，好像个前朝遗少。虽说是西式面馆，门口招牌上还画了个巨大的牛仔，可制服的确设计得一点不干练，硬要搞什么中西合璧似的。看着看着，镜子里多了一张面孔，对着镜中的我嘻嘻地笑着。这是个圆圆脸的女孩子，拄着个和她一样高度的大拖把。她发现了我在看她，赶紧低下头去。

这时候就听见杨经理说，阿霞，门口的水怎么又没拖干净，想叫客人滑跤啊。

这女孩子就拎着拖把往门口走，突然回过头来，说，经理，我以后不用拖地了吧，有新的来了。

经理就不屑地笑了，说，你就想，能叫人家大学生拖地么。

其实除了拖地之外，杨经理也不晓得能叫我干什么。我实在是她所有安排计划之外的一个人。而她所有安排的结果，对于我来说，无非是社会实践报告上的一个大红章。我们家里都是些顶顶认真的人，而因为我们家这样的家庭的存在，就出现了许多旁枝末节。我在大一暑假的社会实践任务，在我们家里是真正提上了议事日程的。其他同学，基本都在一个星期之内在居委会和父母所在单位搞定了。所以当他们叫我出去玩的时候，听说我要正儿八经地去餐馆打工了，都有些迷惑。

拿来拿来，我给他盖章。电话那头是个大大咧咧的声音，姚伯伯是个老江湖，自然对这套游戏规则烂熟于心。爸爸说，老姚，你误会啦，我是真要把儿子送到你那里去磨炼磨炼的。姚伯伯沉默了一下，说，那让他到信息台来吧。信息台在当时还是颇时髦的行当，是姚伯伯的另一份产业。爸爸说，不，就让他去餐馆，不吃点苦，就失去意义啦。姚伯伯嘿嘿一笑说，你行，把儿子送我这儿忆苦思甜了。你舍得了，我也就没什么不忍心的。那就磨炼吧，也让你家少爷瞧瞧资本主义温情脉脉的面纱是怎么撕下来的。

姚伯伯是爸爸从小玩到大的朋友，后来娶了一个美籍华人的女儿，成了美利坚公民。爸爸说，姚伯伯在美国帮岳父家打理产业，据说是很有建树的。可时间长了，心尖上打了一个中国结，竟然真的就解不开。一狠心，就回来了，带了投资，在家乡开起了洋风味的牛肉面馆。当时是踌躇满志的，要在中国的餐饮界烧上一把火，准备把麦当劳和肯德基烧个片甲不留的。

姚伯伯人很好，有孟尝君之风，经常约来一帮老朋友，在他的馆子里吃吃喝喝。生意是在做，可看上去热热闹闹的，却往往是自己人。有阵子店里不是很景气，他还是吆五喝六地叫大家来吃，众人过意不去。他就说，呵呵，以为叫你们来干啥。过来给我撑台面，做广告的。

他对员工似乎也不错，这是我后来感觉到的。他似乎不怎么照应我。这一点我倒是很喜欢，自在。

爸爸是铁下心来要我锻炼，所以每天要求我一早骑着单车去上班。按理我们家在城北，坐车去市中心是方便的。不过我算懂得爸爸的良苦用心，就老老实实地照做。

第一天可能是没计算好时间，狠狠地迟了一到。打了卡，我也没在意。杨经理看着我笑笑，没说什么。目光所及之处，好像人人都在忙碌，有条有理。一下子，我又好像成了局外人。我走到更衣室换衣服，到了门口，一个人影斜插出来，堵住去路。我一看，是昨天的那个圆圆脸的小姑娘。她一把拉住我的胳膊，说，跟我走。我一时懵懂得很，就跟着她走。走到杨经理跟前，就听见她说，经理，他迟到这么久，你怎么不骂他啊？

我大吃一惊，回头看她，她脸红得有些肿胀起来，似乎愤怒得很。再看看杨经理，脸上尴尬着，却又对我笑，嘴动了动，终于说出话来，却是冲着那小姑娘的，发神经啊，阿霞，没看我忙么，干活去。阿霞舔了舔嘴唇，挪了几步。却又折回来，我们迟到你都骂，为什么他你不骂。杨经理正在给客人落单，这回真的不耐烦了，声音粗了起来，二五，我骂他，有人就要骂我，你拎不清啊。

阿霞终于走了，我还莫名其妙着。定了定神，终于去更衣室换衣服。一出来，杨经理把我叫到一边，刚才的事，别跟你爸说哦。我答应着，听到杨经理说，这个阿霞，缺根筋，总要给我惹祸的。

我一上午的工作无非是擦擦桌子，帮客人落落单。我看其他的服务生两只手端着四五只盘子楼上楼下地跑，好像挺有成就感。就对经理说我也要做，经理说，你刚来做不来的。要练好久。阿霞，来半年了，都端不了的。

忙完中午的饭时，大家坐在一起吃东西，吃得很安静，凝重得过分了。吃着吃着，工友们总归对我有些好奇，就开始问这问那。我就耐下心来答，正经八百地，大家就都说，毛果这个大学生，还真是个好脾气的人。他们说话的时候，阿霞就直直地看着我。她的眼睛真是大，目光却是涣散的。表情就有些茫然，好像时刻走着神。虽说是这样，我终于也被她看得心里发毛。这时候突然听见她大声地说，他迟到，经理肯定不会扣他工资的。

她声音这样大，斩钉截铁，似乎刻意夸张了自己的郊县口音。我心里又有了莫名其妙的感觉，很无助似的。这种感觉十分奇异，好像某些游戏规则被打破了，让我的双脚突然踩了个空。

我抬起头，看着工友们。大家对她的话并不在意。有个叫瑞姐的，冷笑了一下，开始低下头去剔指甲。其他人只是沉默而已。气氛一时有些生硬，但也没有谁的脸上有了看热闹的人通常具备的饶有兴味的神色。

这时候大厨王叔站起来，说，干活了，干活了。我也跟着站起来，却看到阿霞空洞的目光仍旧一路逼视着我。王叔哈哈一笑，拍拍我的肩膀，说，小伙子，我们霞子还厉害啊，哈哈哈。

我这才觉出阿霞在这个群体中，是个异数。很不寻常的，是她自己的行为和别人对她的态度。这原本是个很世俗的群体，阿霞的旁逸斜出，似乎为它增加了一些考验的力度。而被考验的，是我。

回到家，我无意说到了阿霞的事情。妈说，啊，老姚店里还有这样的人，乡下来的吧，这么没教养。毛羽，要不要跟老姚说一声啊。

我突然想起来什么，不，什么也不要跟姚伯伯说，你们说，我就不去了。

第二天我起了大早，到了餐厅。还没什么人，杨经理看见我，好像有些惊奇。她看看我说，你，其实不用这么早的。停了停，又说，阿霞的话，不要当真。

我没想到的是，我的自律，会引起了其他人的好感，其中包括阿霞。

中午吃饭的时候，阿霞竟坐到我旁边，吃了几口，她又开始定定地看我，突然大声地对我说，你看，你可以不迟到的嘛。

大家又沉默了，含笑看着我，好像阿霞代替他们说出了对我的褒扬。我突然有些兴奋，是一种被接纳的感觉，可是这种感觉同样是奇特的，是一种有些幼稚的满足感，这种满足感，只是因为阿霞的一句话。

阿霞低下头去，大口地吃东西，把汤喝出很大的声响。那是一种理直气壮的声音，一种孩童式的理直气壮。我逐渐感觉到阿霞在人群中是一个小小的权威，奇特的是，这种权威却含有某种游戏的性质，是在被众人的纵容中形成的，这一点让我迷惑。

我想，我是个适应能力很强的人，我一旦融入了一个集体，也许不会被同化，但是也决不企图让它去迁就我。这一点，也许注定我不会成为一个领导者。一个星期后，我在下午休息的时间里不再觉得无聊，因为可以边打盹边听王叔讲他千篇一律的黄段子，或者和小李比赛打手掌机上的电子游戏，又或者在楼下大厅耳朵上夹着纸条打“拖拉机”。这样久了，也没人把我当什么大学生。大家都很放得开了，男人可以说一些关于女人的下流笑话，而女人开始八卦一些刻毒的家长里短。他们不在乎我听不听，只是我不再是他们不吐不快的障碍，这一点令他们感到欣慰。这个群体浮现出了它低俗的实质，这是我所陌生的，却似乎并无困难地接受了它。

这时候的阿霞，却是很安静的。她往往是拿来一小箩纸巾，一个人躲在角落里慢慢地折。开始动作是机械的，中规中矩的，她脸上的神情也是相当肃穆的，是完成使命的样子。渐渐自己也感到烦腻了，就折出许多花样来，脸色也跟着活泼了。折的多是些中看不中用的形状，很繁复，但失去了纸巾的功能的。这时候，如果有人问，阿霞，你折的什么啊？她就会把先前折好的模型迅速地抖开，再规规矩矩地折成千篇一律的样子。

终于有一次，在下午一场酣畅淋漓的牌局之后，我起身去厕所。经过阿霞的时候，突然听到她大声地说，你怎么跟他们一样哦，你是大学生哎！

我回过头去，看到她十分认真的表情，脸色又是通红的，却是个悲愤的模样。我一时间语塞，仿佛又是秀才遇到兵了。

拌凉菜的四川师傅小李，就打着哈哈说，阿霞妹子看不上我们，看上状元郎来。大家就很凑趣地笑，是替我解围的。

阿霞却恶狠狠地接上去，我就是看不上你们，我就看得上状元郎。我家弟弟就是个状元郎。我诧异极了，因为这些话阿霞几乎是喊出来的，肩膀抖动着，竟像是歇斯底里了。她大而空洞的眼睛却是要将我吸进去一样。我突然有些恐惧，觉得自己好像前世亏欠了她。

大家散去了，阿霞重新坐了下来，认认真真地将纸巾折下去。

接下来的下午，发生了一件事。这件事，原本是可以不发生的。

我们的工友里，有个安姐，是个很温柔和善的人，对谁都很好，还都是默默地好。这种好的表现往往是拾遗补缺的形式，你制服穿得不整齐，她叫住你，给你理理顺；你给客人擦桌子，匆忙了，擦得不干净，她就过去给你补上一把；你有事要找人代班，常常也第一个想到她。她是个最好说话的人。

我刚来的时候，安姐已经怀孕四个月了。按理讲，这样的体力活，是不好做下去了。可大家知道她家里要钱用，也因为她的好，都没有人说什么。杨经理也是睁只眼闭只眼，只是让大家关照着她。后来有次姚伯伯看见了，很惊奇似的，说这个样子，出了事怎么办，当场就要辞掉她。安姐不说话，眼睛却红了。她换了衣服出来，去经理室结账。杨经理却跟她说，你留下吧，我跟姚总讲了。姚总说，总归总，你不要硬撑着做。

傍晚是生意的高峰，又是周末，这样的时候，再多的人手也是嫌不够的。大家都很忙乱，安姐却在这个时候出了差错。其实不是很大的事情，安姐端着一碗汤面，摆到桌上的时候倾斜了一下，洒出了一些到外面，却又溅到一位女客的裙子上。这客人自然是很恼怒，当场站起来，说了批评的话。其实公平地讲，这些话讲得是不过分的，这客人也是知识分子模样，说的无非是些大着肚子怎么还出来做事之类的。说得安姐把头深深低下去。这种事情在餐厅里也是常有，大家也没太在意，知道杨经理远远看见了，自然会过去摆平。可是这回，却看到阿霞拎着拖把，几个箭步过来，指着那女客的鼻子破口大骂，虽是带着乡音，却听得出骂得很难听，翻来覆去只是几句，句句都是关于女性最隐秘的部位。那女客愣住了，突然神色紧张起来，脸开始红一阵白一阵。阿霞却越骂越勇，女客竟不知如何还口，终于哭了。这一幕来得突然，众人都有些发怔，待到安姐醒悟，要掩住阿霞的口，经理已经过来了。经理呵斥着，阿霞却还在骂，失控似的，骂的话还是苍白而不堪，眼里却闪出了光芒，仿佛是成就了一番事业。

啪！杨经理一个巴掌重重落在了阿霞的脸上，她自己的手先缩回去。阿霞呆了一下，脸上泛起了奇异的笑容。她拾起拖把，十分镇定地走了。

我很吃惊。杨经理在给客人赔不是。客人这时终于缓过神来，嘴里噼里啪啦，把原本对着阿霞的针尖麦芒都向杨经理射过来。杨经理没有一丝愤怒的神气，躬着背，嘴里絮絮地说着什么。在旁人看来，她却是忍辱负重的。

晚上我加班，打烊的时候，杨经理端着一杯茶，深深地叹了口气，对我说，这回，阿霞可能真的是留不住了。

接下来，我就知道了阿霞的事情。阿霞姓陈，她的父亲原本是面馆里的白案师傅，在店里做了很久的。手艺好，人也好。他没了老婆，留下一儿一女。小的是儿子，是他很骄傲的，在县里上了技专，在当地就是有了大出息了。陈师傅每每说起来，脸上都带了光，说他一个人跑到城里来打工，就是为了供儿子读书。女儿他就很少提，似乎也不愿意提。众人也并不问，想这些乡下的姑娘，也是大同小异的。陈师傅为人勤勉，为了多挣些钱，就常给人代班，经常是没日没夜。终于有一天，他在蒸小笼包的时候打起了瞌睡，懵懵懂懂，整只手就伸进了做肉馅的搅拌机里，机器运转得快，他来不及抽出来，当场手就没了。这件事很不幸，虽是因为他自己的疏忽，大家却都很同情。姚伯伯给他算了工伤，支了两万块给他，却想到他以后日子的难过，就又多加了一万。按理这件事情，店里对他是很厚了。可他从医院出来，到了店里，当着众人的面就给姚伯伯跪下了。说姚总对他恩重如山，可他却还有件开不了口的事。然后他就说，自己现在算是失去劳动能力了，将来总怕要坐吃山空，家里还有个上学的孩子，这就是难上加难。他想着，能不能让闺女来接他的班，好歹家里还有个挣钱的人。姚伯伯问起这女儿能做什么，他也是反反复复地说，什么都能做，什么都能做。

阿霞来到的时候，众人是喜欢的。一来心里多少都带着些怜悯，二来阿霞的样子很敦厚，说起话来，似乎也很规矩。她自然是不会做白案的，经理开始分配她些轻省的活，她就很勤力。比如折纸巾，因为枯燥，别人往往做起来三心二意。可她却心无旁骛似的，折起来，像是开动了马达的机器，无休无止的，总要外力的介入才停得下来。也是这件事，让人开始觉得她似乎有些发痴。她的手脚其实又是粗笨的。日子久些了，经理也试着让她做复杂些的活，比如给客人上菜。她上手的碗盏，却经常遭受破损的命运。可是她的记忆力，似乎又是异乎寻常的好。因为给客人落单这样的事，在餐厅里为了运作的快捷，所有的菜式都是排了编号的，就是一道菜对应一个编号。服务生到了后厨，直接把编号给师傅就好了。这就很考验服务生的反应能力，客人点了菜，要立即落实到编号上。旺季里，店里有一百多道菜。刚来的工友，出错是常有的事。可是阿霞来那天，只把菜单看了一个中午，以后落单似乎就没出过错。这件事，被工友们传得有些神乎其神了。

从此，经理就让阿霞专下心来，做拖地、折纸巾和落单这三样工作。这几样比起其他工友的工作，是见缝插针式的。虽然单调，阿霞却很尽责。好像是机器齿轮间的润滑剂，不显眼，却也不碍眼，是时时处处发挥着作用的。

到了后来，大家发现了阿霞一些奇特的地方。在旁人最吵闹的时候，她往往是安静的。细细看去，她眉宇间这时候竟会带着悲意。这就和她敦厚的五官很不相称，生出了人小鬼大的滑稽。大家开始以为她是为了父亲，可到了她欢快的时候，似乎又判若两人，这就让人很费解。再到后来，她就在众人面前大起嗓子，开始说些不着边际的话，配合着粗鲁的举止。开始觉得她是孩子气。可有一回，一件极小的事情，竟让她嘶喊着，使劲地薅起自己的头发来。这实在就让人莫名其妙了。

这样过了一个月，有天一个工友来，说是阿霞父亲的一个同乡终于告诉他一些内情。原来阿霞这孩子是有病的，是脑子的病，不知是何时落下的病根儿。总之发作起来是一时悲悲戚戚，一时呼天喊地的。家里请过神，驱过邪，究竟也没有治好。不过这孩子不发病的时候，是极好极懂事的。大家纷纷颔首称是，心情却都很复杂。有人终于说，陈师傅这个人，把个有病的孩子送出来，怎么就放得下心来。又有人说，万一出了事，这不是给人家找麻烦么，看他老老实实的一个人，怎么就这样把姚总给涮了。

这时候大家朝阿霞看过去，她正安安静静地坐着折纸巾。工友们嘴里说着她父亲的不是，心里对这个小姑娘，却是越发地同情了。

跟着，这件事情的发展是阿霞自己不知道的。餐厅开了会，讨论过，还投了票，最后姚伯伯拍板把阿霞留了下来。以后大家对阿霞都很留心，她不知不觉成了大家心中的块垒。以后人们对她越发地宽容了，一些原则之于她也变成了无原则。这种心情，往往是对弱小的动物才有的。

听到这里，我忽然明白，阿霞是幸运的，一个集体达到了怎样的默契，可以这样给她宽容与照顾着她。

我也明白，杨经理之前说到阿霞“缺根筋”，也并非仅是象征性的，而是有所指。我也明白，她让我不要告诉家里，无关自己，原来也是出于对阿霞的保护。

临走时候，我说，经理，下午的事，我不会跟家里说的。经理摇了摇头，又叹了口气，说，这件事大了，你不说，也自然有人会去说的。

自然有人会去说。

这个人是谁已经不重要。但是姚伯伯的恼怒的确是空前的，在我印象里，他是很少大起嗓子说话的人。可是这天下午，却有很激动的声音断裂着从经理室里传出来，偶尔静下来的时候，是杨经理低声下气的申辩，然后又被更激动的声音淹没了。

谁都知道，和客人当面发生争执是饮食行业的大忌。在食肆林立的湖南路步行街上，姚伯伯的面馆经过这些时日的苦心经营，才算是站稳了脚跟，生意有了起色。商场如战场，里面有多少明争暗斗，不为外人道。姚伯伯是个义气的人，却也有商人的心计和手段，现在店里规模虽不算很大，也是当年挤垮了隔壁的“老巴子”川菜馆，盘下了对方的店面扩建的。姚伯伯说过，开饭馆，最要紧的是声誉。“老巴子”就是输在了声誉上。这一回，店里出了这样的事故，在同行看起来，是无异于自绝生路。

姚伯伯终于黑着脸出来，眼睛在人群中扫视着，寻找着阿霞。阿霞远远地坐在角落里，折着纸巾，眼神依然是涣散的。“阿霞。”姚伯伯这回的声音其实不大，语气却很阴沉。阿霞远远听见了，身体似乎抖动了一下，抬起头来，是个木然的表情。她的手停住了，一张折好的纸巾还未放在箩里，也僵在了空中。

阿霞没有动。

“姚总。”是安姐温婉的声音。姚伯伯出其不意地转过头去，看见安姐用手护着肚子，艰难地站起身来。“姚总，让我走吧。阿霞是为我，你留下她，让我走。”她吃力地把手绕到身后，开始解着身上的围裙。解下来了，看着姚伯伯，脸色平和，并没有上次险些被辞工时的悲戚神情。

姚伯伯依然虎着脸，吸了口气，说道，小安，没有你这样求情的。这不是谁代替谁的事情，我这里不是收容所。

这句话说得很硬，一锤定音了。姚伯伯转身走回经理室，杨经理跟着进去了。

安姐有些焦急，愣了一愣，突然对我说，毛果，你去，你去跟姚总说。所有的目光投向我。我看了一眼阿霞，她依旧木着，好像个局外人。

我敲开经理室的门，会计正走出来。姚伯伯看到我，语气温和下来。我的口才原不是十分好，但终于还是把该说的话说完了，其中不乏一些恭维他以往仁政的意思。

姚伯伯摇摇头，毛毛，伯伯总归总都是个生意人。有些事情，人情是人情，原则是原则，不能混在一处了，你还懂啊？

我自然是懂的。

来接阿霞的是她父亲，就是我没见过的陈师傅。只是我没有想到他会这样苍老。黑瘦的一个人，不是健康的黑，很晦暗的颜色，从皮肤底下渗透出来。身形是佝偻着，他本不算矮小，这样却也要抬起头来看人。脸上带着笑，是一成不变的，或者说是以不变应万变的，讨好的笑。这大概也是他在磨难中历练出来的。我突然在他身上看出了某种郑重的意味。头发是刚理过的，也许是在很便宜的理发店里理的，理得参差，却的确是刚刚理过。穿了不合身的一件中山装，很干净地发着旧。一只袖子底下，是空荡荡的。

姚伯伯很淡地和他客套了几句，他脸上堆着笑，神情却是木的。嘴里翻来覆去，都是几句，说自己命不好，养了个死女子，姚总怎么都是自家恩人。说得多了，姚伯伯倒有些尴尬，打断他的话头，说，你在老家过得还好吧。

他反倒沉默了。阿霞在他身旁拥住他，死死地扯住他那只没了手的袖子。突然她抬起头，开了口，我爸，他没回老家。

陈师傅有些嗔怒地看她。阿霞和他对视着，却突然得了胆似的，说，我爸没回老家，他在雨花台的工地帮人做工。我爸帮人做小工，一天十五块钱。

陈师傅伸出左手，巴掌重重落在阿霞的身上。他的脸羞红着，大家彼此心照，当时他让阿霞来顶工，是说自己失去了劳动能力，只有回老家去了。他是个老实人，这对他而言，是个承诺。

他在阿霞身上一下下地打，下了狠力。我们却都看到了他手上的伤口，很深，不规则的，有些还往外渗着脓，好像被腐蚀过，难以愈合了。

老陈，姚伯伯喝住他，口气和缓下来，你的手，手怎么回事？陈师傅听了，迅速地把手藏到了袖子里，嘴里很轻地说，翻石灰，石灰咬的。石灰不好，结块了，用手掰的，不打紧。

我们明白过来，工地上有些工具，他是没法使用的，他只有一只手。

他终于说，他现在依旧很难。儿子学校要交赞助费，钱不够，他只有出来做。姚总给的几万块，都还了先前给老婆治病欠下的医疗费。他千不该万不该，对姚总瞒下阿霞有病的事情。他不能再错下去，这就领阿霞走。

阿霞突然哭了出来，陈师傅又是重重地打下去，嘴里骂，死女子，又犯病了。阿霞却拗了劲地拉住他，一边哭，嘴里清清楚楚地说，爸，我没病，你别让我走，我能帮你挣钱。

陈师傅挣脱了阿霞，拎起她的行李，说，走吧，走了总归轻省了。

父女两个往外面走，阿霞突然变得很顺从，拉住父亲那只空荡荡的袖子，闷不作声地跟上。

等等。姚伯伯叫住了他们，老陈，你这带阿霞到哪去？

老陈叹了气，说带到工地上去。自己做到月底不做了，回老家去。工地上都是爷们儿，带着她不放心。让她一个病孩子在家里待着，还是不放心。

姚伯伯说，你把阿霞留下吧。我想好了，让她留在后厨帮忙吧。工资不少她的，都是熟人，好有个照应。你钱挣得差不多了，就带她回去。

看到大家用惊奇的目光看着自己，姚伯伯有些自嘲地大声笑了。我想，这个朋友爸爸是交得没有错的。

阿霞终于又留了下来。

阿霞是留下来了，却没有了先前的活泼，对谁都小心翼翼的，好像是捡回了一条命的人。规矩得有些过了，似乎总是在防范什么。听到有人叫她的名字，也惊醒一般。和她熟了，工友们也都能看出她精神不对的苗头，往往就是安姐把她带到餐厅后面的宿舍去。过了那一阵，也就好了。

干活时她依然很卖力，也是过了，谁都看出有了感恩的成分。别人都休息下来，她还是一遍遍地拖地，要不就是无休无止地折纸巾。有客人来了，她就很自觉地到了后厨里待着，似乎要把自己掩藏进去。

她和谁也相安无事，彼此间却疏远起来。大家没有了开她玩笑的企图。曾经自诩为她的追求者的四川师傅小李，也偃旗息鼓，和她有了相敬如宾的样子。工友们说起她，都觉得可怜，也不过如此。阿霞渐渐变成了一个有当无的人。

对于我，阿霞似乎知道我为她求过情。变得格外恭敬起来，恭敬之外就有些躲闪，似乎很生分了。

阿霞的变化这样大，却是入情入理的。她的病，是她要防范的东西。

我打了电话给我中学的一个哥们儿，学医的。我讲述了阿霞的种种，他听完后，很肯定地说，是躁狂抑郁症，轻度的，但是很典型。

我想了想，问，这种病严重么？算是……精神病？

嗯，不过如果没有激惹诱因，一般不会产生破坏和攻击性行为，基本没有什么危险性。你们这些凡人，就是把精神病人都当疯子，这是很不科学的。

我说，行了，我不是说这个，那，好治么？

那头停了停说，毛果，建议你不要多这个事。这么麻烦的小姑娘，不适合发展成为打工恋情的对象吧？

接着，他开始自说自话，讲一些不着边际的事情，好像个花痴。

我说，哥们儿，你思觉失调加妄想症到了晚期了。就把电话挂了。

不过，他说对了一样。我确实很想对阿霞好，突然间地。

阿霞身上某种东西在慢慢地凋萎，让我感到不忍。

这天黄昏的时候，有客人进来了。阿霞像应激反应一样，站起身来，迅速地把折好的纸巾收拾到竹箩里头，往后厨走过去。

她对自己的自制力，已经没有了信心。

我拦住了她。她抬起头。没有开灯，仄仄的走道里头光线暗淡。看得见的，是阿霞很大的眼睛里，有些冷漠的光。阿霞，想去看电影么？我问她。她仍旧是冷漠的。我说，走吧。

我是个很少冲动的人，然而冲动起来，也很少考虑后果。我拉着阿霞走出门去，甚至忘记和同事调班。

电影院是不远的，就是街口的“大光明”，在放杜琪峰的《枪火》。

那时候的杜琪峰，没有现在这样火。他的电影是一直很好看的。我是个看电影投入的人，看着看着，就投入进去了。忘了四周的种种，也忘记了阿霞。

阿霞睡着了，我并不知道她是什么时候睡着的。

她正发出很沉重的鼻息，像是很久没好好睡过了。这时候的阿霞，脸上神色很坦然，嘴唇翕张着，竟有些笑意。眉头似乎微微皱起，带着蛮憨的神情。这还是那个天真的阿霞。

我没有叫醒她。有一刻，她仿佛是要醒了，可是咂吧了一下嘴，换了个姿势，又沉沉地睡过去。

她醒来的时候，电影已经快要结束了。

出来的时候，阿霞突然说，这是我第一次在城里看电影哎。接着又说，这个电影不好看，不搞笑。

她说她上次在县里电影院看电影，放的是《少爷的磨难》。陈佩斯演的，那个片子很搞笑。阿霞问我，毛果，你还喜欢陈佩斯啊？

我说，喜欢。阿霞突然兴奋起来，说，是啊，我最喜欢陈佩斯啦。

阿霞眼睛里有了光亮，她开始向我历数她看过陈佩斯演的电影和小品。她说她最喜欢那个《主角与配角》，这时候，她停下来，似乎在琢磨什么。再抬起头来，就大声地对我说，毛果，我演给你看。

阿霞开始表演，一人分饰两角。不是比画，而是实实在在地去演，声情并茂的。在傍晚的步行街上，阿霞旁若无人地表演起若干年前的经典小品。阿霞有这样好的表演天分，没有一丝做作，浑然天成。我终于被她逗笑了。这时候有了行人驻足围观，阿霞似乎并没有收敛的意思。我赶紧叫她停下来。

阿霞，你演得真好。我由衷地说。

他们说我学宋丹丹最像了。阿霞有些得意，然后又说，不过我觉得我像高秀敏，我胖。

高秀敏是个很憨实的小品演员，没有宋丹丹漂亮。阿霞很诚实，她没有女孩子们趋利避害的心机。

阿霞看着我，突然笑了。这是个很放松的笑容，阿霞的脸，生动和好看起来了。

我问她，阿霞，饿么？

阿霞好像突然想起来什么，很焦虑地说，哎呀，这么晚了。小李肯定不会把小菜留给我了。

阿霞的晚饭是餐厅里下的光面，两块钱一份。光面就是不加任何配料的面条。不过餐厅里有个规矩，中午厨房里配好的小菜，是不可以留到晚上给客人的。所以这些菜，可以由厨师自己支配。传说拌凉菜的小李以前追求阿霞，所以把这些剩下的小菜七七八八地都留给阿霞。小李也是个很实诚的人，这个习惯沿袭下来，到现在并没有什么改变。

阿霞还在发着愁，我说，阿霞，走，我请你吃其他的。

到了必胜客门口，阿霞回头就要走。

嘴里说，装修得这么好，这么洋的地方肯定要很多钱。姚总上次跟我说，这些钱到底都要算到顾客头上的。我不吃。

我说，我请你吃啊。

阿霞很拗地说，不吃，不划算。

我把她拉进去，点了一个锦绣大比萨，要了两杯橙汁。阿霞看见了价钱，很不安的样子。我说，阿霞，偶尔吃一下的，又不是天天吃。

比萨端上来的时候，阿霞却很惊喜，说这么大啊。我夹了一块给她，她小小地尝了一口。我问，好不好吃。她点点头，说，很好吃。跟着大口地吃下去。

阿霞吃东西的态度也是很诚恳的，很带劲儿地吃下去。吃得高兴了，还对我笑一笑，像是和我分享其中的快乐。

吃完了，阿霞说，我小时候，妈给我和我弟烙的油饼，跟这个味道很像。不过没有这个大，也没有这个好看。

谈起自己的母亲，阿霞似乎也并没有很黯然的神色，好像在说一个还在世的人。她用手指拈起盘子里的一个饼渣，放到嘴里细细地嚼，很认真地回味。然后说，我要带我弟来吃。

回去的路上，阿霞的话多了起来，跟我讲她家乡的事情，还有她和她弟弟的事。其实很多都是琐事，但是阿霞是用很怀念的口气说的，加了很多感情的色彩，我听得也很有兴味。

阿霞突然说，毛果，我下次要请你的。我爸说，女孩子不能占人家的便宜。

她这样说，让我有些愕然，心里也多少有些凉下去。

可阿霞从那以后，似乎情绪真的活泛了一些。和人相处，又有些恢复了落落大方的态度。而她对我，则是变得很亲近了。这是我始料未及的事，大家也是有些惊奇的。阿霞对人的友好是不加掩饰的。到了休息的时候，她往往就坐在我的身边，跟我说话。因为经验的原因，话题也都是很单调的，但是她也会一直不停地，兴致勃勃地说下去。

有一次，大厨王叔就打趣说，毛果，阿霞对你这样好，你可不能欺负她哦。

阿霞立刻很严肃地站起来，似乎要澄清什么。她说，你乱讲，我是喜欢毛果，可人家是大学生，爸妈是教授哎。她似乎为了表明她清醒的态度，又郑重地补充了一句：我们是不会有结果的。

我自然是大吃一惊。这最后一句，大约是阿霞从电视上看来就地引用的。这是很让人尴尬的话，让胸无城府的阿霞说出来，却莫名地有了悲壮的意味。

工友们也都愣住了神，忽而哈哈大笑起来。我也只有凑趣地跟着傻笑。

有一天，整个上午阿霞脸上都挂着喜色，旁人问她什么事，她也不肯说。到了下午休息的时候，阿霞很神秘地告诉我，她弟弟到南京实习，要来看她了。

这当然是件好事情，我也为阿霞高兴起来。

到周末的时候，阿霞弟弟真的来了。工友们都有些意外，因为他和阿霞似乎并不很像是姐弟两个。这是个瘦高的男孩，长得很文气，原本是个好孩子的模样。但是他又挑染了很黄的头发，身上穿着时髦却廉价的衣服，这就使他多少显得不很本分。他说起话来，目光游离，又有些和年龄不相称的世故神情。为了阿霞的缘故，工友们和他客套着，他似乎有了厌倦的情绪。阿霞始终是很骄傲的样子，好像在向众人出示一件宝物。大家也都知道这男孩子在他们家里的地位举足轻重，因此依然保持着很客气的态度。

到了快晚饭的时候，杨经理说，阿霞，叫你弟弟在店里吃饭吧，我来请。阿霞却说，不用啦，我要请弟弟吃“必胜客”。

阿霞说这话的时候很硬气，像是做了个很大的决定。众人就很迁就地笑。

阿霞说完，又拉住我说，毛果也去。

这对我是格外的礼遇，工友们就开始起哄。我就说，阿霞，你和弟弟去吧，你们姐弟两个，肯定有好多话要讲，我在也不方便。

阿霞说，你上次请了我。我一定要请你。我下次再单请你，又要多花很多钱，所以要你一起去。

阿霞这样直统统地把自己的小算盘说出来，我就推辞不了了。

到了必胜客，阿霞直接地点了上次的锦绣大比萨。其实还有很多其他的品种，但我知道阿霞是不会变通的，她是个实心眼的人。

已经落过单了。阿霞弟弟又突然说想要一杯卡布其诺，说是自己很喜欢喝的。阿霞并不知道这是种什么饮料，服务生又来了，就支吾着说不出来。她弟弟有些厌烦，抢过她的话头去，大声地说是卡布其诺。阿霞并没有不高兴，直说弟弟是见过世面的人，是自己太土了。

阿霞极力想让气氛活跃些，就说了很多自己在城里的见闻。看到弟弟并不感兴趣，就岔开话去，问他有没有去看父亲。弟弟说没有，不想去看。阿霞听他这样讲，就沉默了。隔了下子就又说，还是去看看吧，爸都那样了，都是为你。弟弟就不耐烦地说，是他自己要那样，告诉他不要再寄钱了。我和同学借钱交了赞助费，他那样挣，不晓得要到什么时候才凑得齐。

这样一来，姐弟两个话不投机，有些不咸不淡。她弟弟就和我说话，开始也是这个年纪的男孩子通常的话题，英超甲 A 之类的。他说这些的时候，用的是很刚愎自用的语气，指点江山似的，这也是这个年纪的男孩子时常会有的。阿霞在一边只是听着，脸上却显出了十分欣赏的表情，似乎都是她闻所未闻的见识。后来说起专业，他知道我是学文科的，就很武断地说，文科多没前途啊。说完了，自己就把场冷下来，有些道不同不相为谋的意思。阿霞赶紧接上话去，说毛果是在 N 大读书的哎。这样一来，他就又改变了态度，变得很向往了。说 N 大是全国重点啊。他们这回实习，要在 N 大听一个月的课。然后又说，他们学校，明年会有几个到 N 大进修的名额，他在班上的名次是很靠前的，估计是没有问题。问我能不能帮他打听一下课程的安排。我说可以，他就和我互留了联系方式。

到快要吃完的时候，阿霞弟弟说想要尝尝火焰冰激凌。这是这一季新上的甜品，价格是很贵的。我有些担心，问阿霞钱够不够，说我来请你弟吃吧。阿霞忙说，够的够的。说的时候很自豪，又问她弟弟还想要吃什么。

到了付账的时候，阿霞掏出的都是些零票，好像是攒了很久了。但数目的确是够的。

送她弟弟走了，阿霞一路上仍旧欢喜着，说原来大学生都喜欢吃“必胜客”。

到后来姚伯伯和爸爸谈起我打工的那几个月，说是店里的多事之秋。这话说得是没错的。

工友们也说，似乎在之前很长的时间里，也并没有这样的事情发生过。

这天晚上快打烊的时候，杨经理走过来，用很低的声音跟我说，毛果，去把店里的人帮我叫齐。

她说这话的时候，用的是很阴郁的口气。在我的印象里，杨经理似乎总是和颜悦色，处变不惊的。她看出了我的诧异，就低声地补了一句，店里丢了钱。

人叫齐了，杨经理就说，今天上午她从银行取了七千块。因为一时匆忙，就交给前台的收银小张，亲眼看着小张锁进了抽屉里。下午三点多的时候，小张告诉她钱不见了。因为怕影响店里的生意，她一直没有声张。看现在的情形，偷钱的左右不过今天当班的人。她说，大家平常相处得这样好的，她不想报警。谁拿了钱，心中有数，私下里交给她，或者可以既往不咎。

遇到这种事情，做没做的，似乎都在心里发着虚。工友们一个个的头都低下去。王叔狠狠地把手上的烟头往地上一掷，说，操，手脚这样不干净的，去偷金陵饭店是哎，跑到我们小店里来作怪。

收银台的小姑娘嘤嘤地哭起来，因为这个人要是查不出，她就要承担很大的责任了。这时我后面就有人小声地说，其实对这个新来的女孩子，却是最不了解底细的，监守自盗也未可知，或者她就指望着店里网开一面呢。

杨经理叹了口气，说，你们都好好想想，我也不想为难谁。

这时候阿霞站起来，说，我知道是谁拿的。

大家朝她看过去，她的脸又是涨红的，很激动的样子，好像下了很大的决心。

不待人问她，她转身朝更衣室跑过去。出来的时候，手里捧着一个饭盒，打开了，里面是摞得整整齐齐的一叠钱。

饭盒是安姐的。

一瞬间，大家的心情变得很复杂。事情解决得太过利落，如释重负了，又觉出这件事情有了不寻常的性质。有人终于说，阿霞，不是又犯病了吧。

阿霞依然涨红着脸，不说话。

沉默了一阵，有人又说，阿霞，安姐平常对你最好哎。

这一幕在我看来是奇异的了，是非的界线忽然变得很模糊，人们的立场微妙地游移，失去了标准。

安姐终于站起来，说，是我拿的。

她说，你们不要怪阿霞。这钱我拿了，就没准备还回去了。我是没有脸在店里待了。经理，你做个好人，让我走吧。

她又看了阿霞，说，阿霞，姐以后不能照顾你了，你自己要好好的。

阿霞是很漠然的神情。

杨经理说，你走吧。今天晚了，明天来领这个月的工资。她又对大家说，今天的事，不要说出去。小安家里难，恐怕还是要在别家的店找工做的。

安姐很感激地看了杨经理一眼，走了。

大家看安姐大着肚子，蹒跚地消失在夜色里头，都觉得有些凄凉。

再回头看阿霞，目光就很隔阂了。

第二天，安姐并没有来。再后来，有人就说，安姐出事了。

知道的人说，安姐住在医院里，肚里的孩子没了，被她老公打的。

原来安姐家里的状况，比我们知道的更加艰难。她老公，是个下岗的工人，很久没有找到工作了，还有个有病的婆婆。

她怀孕这么久，依然要出来挣钱养家。老公原本脾气不好，心里烦闷，竟又染上了酒瘾和赌瘾。她在家里就要经常挨打，无缘无故的，只是因为老公要发泄心情。出事的前个星期，她老公又出去赌，赌输了很多钱。还不出，门口的墙上，就被债主用红油漆写下了恐吓的话。她老公逼着她想办法，想不出办法，仍然是打。她被逼得走投无路了，那天看到杨经理手里的钱，人也糊涂了。

丢了工作，老公不分青红皂白又打了她，这一回下了狠手，硬是把她打得昏死过去。送到医院里，下身还淌着血，命是保住了，孩子却没有保住。

大家就想起，以前休息的时候，安姐拿着一个小木锤子，在桌上砸核桃的情形。她说，多吃核桃，肚子里的孩子生下来，就会很聪明。将来就有出息，不会像她这样命苦。她这些核桃是不会分给别人吃的，除了阿霞。

杨经理说，今天提前打烊，我们去看看小安。

快到了医院门口的时候，我们才发现，阿霞不见了。

我们找到了病房，安姐还没有醒过来。床头边是个女孩子看着，说是她妹妹。安姐的脸白得好像一张纸，神态还是温和的。肚子那里，现在是塌陷下去了，身形就小了很多。原来她是那样瘦弱的一个人。

我们在一旁默默地看着她。杨经理问她老公呢，她妹妹忽然就很激动，说那个狗娘养的，把我姐送进医院就没来过。

安姐醒过来，看到我们就撑着要坐起来。起来的时候，习惯地做了个护住腹部的动作。这一回，手却摸了空，她愣了一下，眼睛倏地红了。

这时候阿霞进来了。

她闷不吭声地走到病床跟前，找到安姐的手，把一个信封塞过来，又跑了出去。

信封里面是一叠新崭崭的一百元。杨经理用手捏了捏，说，阿霞把她银行里的钱都取出来了。

安姐对我说，毛果，把阿霞叫回来。

阿霞并没有走远，迎着住院区的大门口站着，头上白炽灯的光线把她的影子拉成了长长的一道。我喊了她一声，她只管低着头，右脚在左脚上来来回回地蹭着。

我说，阿霞，安姐叫你呢。

她不作声，我拉了她一下。她却露出惊慌的神色，用手紧紧抓住铁门上的栅栏。

我说，阿霞，去吧。

阿霞静默地走进病房，安姐向她招招手。

她犹豫了一下，还是走过去，把手放在安姐的手里，突然俯到安姐的身上，大声地哭泣了。安姐叹了气，轻轻地抚摸了她的头发，她就更大声地哭起来。

终于有护士走进来，对她说，你这样哭，对病人身体恢复是很不好的。

阿霞不理她，只是一径地哭下去。

因为开学了，我的打工生涯告一段落。临走的时候，工友们送了我一套精装的《唐宋诗词详注》，都说，毛果是个读书人，送书总是没有错的。姚伯伯对爸爸说，毛果不容易，和我们的员工打成一片了。

工友们说，毛果，你一定要来看我们啊。

我说，一定一定。

小李就起哄说，不看我们也要来看阿霞啊。

阿霞就用拳头很使劲地捶他。

过了些日子，我真的去看他们了。大家都很高兴，说毛果还记挂着我们。

聊了一会儿，也没看到阿霞。

王叔说，阿霞走了。

我说，被她爸接走了？

王叔摇摇头，就有人示意他不要说下去。王叔很愤然的样子，怎么不能说，这事霞子不做，我总归都是要做的。

我走以后，阿霞做了件惊天动地的事情。这是谁也想不到的。

原来，安姐流产以后，连生育能力也失去了。她那个浑蛋老公，就以此为借口要和她离婚。后来知道，她老公早在外面有了姘头，是个很有家底的女人。先前种种对她的刁难，都是蓄谋已久。安姐虽然很不忿，心底却还很爱这个男人，狠不下心来和他离，终于自己寻了短见。终究是没有死成，就这么拖下去。她老公期间又给她很多折磨，手段残忍，竟是怀了报复的心理了。谈起这个男人，谁都说是得而诛之，然而毕竟是别人的家事，似乎又奈何不得。

有一天传来消息，说这个男的被人砍伤了，这是大快人心的事。又有消息传来，说砍他的人竟然是阿霞。

后来听说，阿霞做这件事情，竟是事先就有了缜密的计划。她有次跟踪了这个男的，摸清了他姘头的住处。有天晚上，就带了把菜刀，等在门口。等了整整一晚上，那男的醉醺醺地回来了，她上去就把他给砍了。她下手时，是朝死里砍的，可毕竟是个女孩子，只是把他的肩胛砍成骨折而已。不过，整只耳朵是被她砍下来了，阿霞竟把那只耳朵剁得稀烂。这么着，该是没有女人会看上他了。

阿霞做完这件事，就近找到个派出所自首了。王叔说，她在局子里，只是反反复复地说一句话。

她说，我有神经病，神经病杀人是不犯法的。

听到这里，我心头狠狠地痛了一下。

王叔说，后来杨经理去做过一个笔录，回来说，霞子被送到了一个拘留所。

过了两个月出来了，就不知道到哪里去了。

他又想起什么来，说，杨经理上次去，回来讲阿霞留了样东西给你。我给找出来了，你等着。

王叔返身去了更衣室，再出来，手上小心翼翼地捧着。仔细看了，是一个菠萝，用很多的一分钱的纸币折叠拼接出来的，手工精致，有些乱真了。因为这些纸币都是崭新的，颜色也很光鲜，黄灿灿的。然而，在果蒂的地方，是一个很大的缺口。王叔叹了口气，说阿霞花了好多力气在上面，到底还是没折完，你好好拿着，不要让它散了。

回家后，我找出阿霞弟弟的电话，打过去，已经是空号。

又过去了一年，阿霞弟弟有天打来了电话。他说，他们学校去 N 大的名额，都被有关系的人占了。他被别人挤掉了。他问我家里在 N 大的某专业认不认识人，能不能托到关系。

我告诉他不认识。他有些失望，就想把电话挂了。

我问他，你姐姐怎么样了？

他说，结婚了，男的也是个脑子有病的，跟她很般配。

我有些错愕，说，你姐对你很好，你怎么这么说她。

他冷笑了一下，说，好？我怎么没觉得。别人家里人都会给小孩作打算，通路子，我家里的就只会给我找麻烦。她砍了人，还是我去找人从局子里捞出来的。

到了快毕业的时候，我去了电视台实习。爸爸有个同学老刘在台里做副台长，去了就把我安排到新闻部。

新闻部经常有去一线采访的机会。我去的时候正好赶上了当年的抗洪抢险专题，就跟了车去一个沿江的郊县采访。这类专题，惯常是有些歌功颂德的意味。到了地方，采访的，也都是当地的头头脑脑。这样打着哈哈大半个上午过去了，也并没有意思要去抗洪的现场。我问主任，他就说，今年汛期短，现在其实已到了抢险的尾声。去了也未必拍到好题材，要用的时候，自会把以往的实况录像切来应景。

到了中午，政府的领导亲自出面款待，内容又是很丰富的。一桌都是大碗大盏，似乎并不是这个贫困县拿得出的气派。觥筹交错之后，县长跟秘书示意了一下，秘书拿了一叠信封出来。只是往采访队人手一封地塞，嘴里说着辛苦辛苦。

到了车上的时候，主任掂了掂那信封，似乎很满意地说，说他们穷，我看这一包一个 K（一千元）总是有的。

我知道这就是所谓的红包。红包的厚度决定着歌功颂德的分量。有个实习生把自己的掏出来，恭恭敬敬地递给主任。听说这好像也是行内的规矩，实习生都要把红包交给带队的老记者。

我正想如法炮制，主任却拦住，说，别，别人要孝敬也就罢了，你的我却不敢要。你是刘总的人，算我提前给你压岁钱吧。

这时候摄像突然对主任说，还是去趟江边，要去拍几个水位标尺的镜头。主任说也行，车就往最临近的一个乡开过去。

这个乡的路况是很不好的，处处都是泥泞。到了临江的村子里，车子开着开着，竟然抛了锚。全队人就扛着器材下来走。村民们三三两两地出来看热闹。我也就跟着东张西望。

突然，似乎听见有人叫我的名字。我下意识地回过头去，并不见相熟的人。“毛果。”这回是听清楚了。我朝声音的方向看过去，是个身形矮胖的女子，正倚着门站着。

我细细地认了认，是阿霞。

是阿霞。阿霞怯怯地看着我，看到我有了回应，眼色就有些兴奋起来。我快步朝她走过去。

阿霞比以前又胖了很多，是有些臃肿的胖了。还是以往的娃娃脸，神情上却起了很大的变化，变得粗粝了。头发留成长的，在后面用个晶亮的塑料卡子夹着，身上就是件男人西装改成的罩衫。因为天热，敞着怀，里面的小褂，磨得有些稀薄了。这样的打扮，是毫不避忌男人的，阿霞已全然是个村妇的模样。

她问我怎么来了这里，我对她说了。再问她的情况，她只是说，反正还能过就是了。

跟我说话的时候，她手里没停下，打着毛线，似乎在编织些小孩的衣物。看我在看，就对我一扬，说，呵，生了个赔钱货，女的，也不知道将来是呆是傻。

她说她爸去年死了。好久没见她弟弟了，给她爸奔丧的时候来了一次，以后就没见到，听说是在南京城里找到了工作。

阿霞说，我就知道他会有出息的。

这时候屋里传来小孩子的哭声，就有很苍老的女人声音唤着阿霞。阿霞进去了，出来抱着个很小的婴儿。我刚想看一眼，阿霞撩起衣襟就给那孩子喂起奶来。我不好意思地别过头去。

阿霞就笑了，说，毛果，你看你，还是个读书人的样子。

这时候，听到采访队的人喊我。我说，阿霞，我走了。

阿霞头也没抬，嘴里说，什么时候碰到店里的人，就说你见到阿霞了。

我走了几步，又折过身，把口袋里那个红包塞到阿霞手里。我说，给孩子买点东西。阿霞没有推辞，接过来，顺手塞进了口袋里。

我踏着泥泞向江边走过去，阿霞远远地在后面了。

（发表于二〇〇八年第二期《天涯》）

安的故事

惠子曰："子非鱼，安知鱼之乐？"

庄子曰："子非我，安知我不知鱼之乐？"

一

安和我是生在一个星座上的两条鱼。安是二月十九日生的，用她的话来说，是独占鱼头。我是三月十七日生的，侥幸抓住了鱼尾巴。

我当然不会否认安曾经是我最好的朋友。可是，当我接到她的电话时还是错愕不已。安说，毛毛，我要生孩子了，预产期是明年六月。你要不要做孩子的干爹，教父也成。

我想说，好。可是我没有及时说出来。

因为这个"好"字，是应该建立在一连串预设上的：安和谁生了孩子，安什么时候结婚了，或者安又和谁恋爱了一场，最关键的是，安现在在哪里？

我已经三年没有安的消息了。

我和安的相识并非偶然。那时候军训刚刚结束。到了晚上，来自五湖四海的兄弟们就跑到新校区附近的鸡毛店狂欢。这所大学把新校区建在长江以北一个前不着村后不挨店的地方，大有占山为王的气魄。附近有些农家就开了些掏大学生腰包的鸡毛小店，开始是星星之火，到我入学时已呈燎原之势。

豪饮之后，我把自己摊到床上正五脏翻腾，听到说楼下有传呼找我，说是个老乡。现在想我当时肯定是喝糊涂了，我是个本地学生，在大学里是天然的强势群体，这样还有人泪汪汪地找我认老乡，不是无病呻吟么。

不过我还是一脚高一脚低地下去了。楼下没有老乡，我就扯着嗓子喊，老乡，老乡。我现在已经忘了当时脸红脖子粗的鸟样子，总之样子是很鸟，赶得上现在的行为艺术潮流。我喊着喊着，胃里颤栗起来，于是扶着墙根，有一搭没一搭地往外吐酸水。

这时我感到有只手在我背上一下下地拍起来，拍得很体贴，让我想起妈妈。想起妈妈我鼻子又酸了，我就一边吐一边哭。这么吐着哭着，酒就有些醒了。我抬起头来，眼睛还是蒙眬的，看到一团白影子，我想是个裙子的轮廓。白影子扬了扬手里两个泛着金属光泽的东西，对我说，看来，这两罐啤酒是白买了。这是个好听的声音。白影子的声音细细的，很好听。我又听到它说，你等我一下。白影子飘走了一分钟后又飘回来。我觉出有湿纸巾在我脸上擦，擦着擦着，眼睛就像玻璃一样被擦得清晰起来。我终于看见了，白影子是个陌生的女孩子。

你是谁？我当时的傻样子很虔诚，一定很像亚当问上帝。对方就回答说，老乡啊，然后就自说自话地笑起来，是那种足以叫对方无地自容的笑。你们男生听到老乡一般比听到妈来了还兴奋，兵不厌诈吧。我叫安，我找你有事，我们到那边去坐会儿。

坐定下来，安说，我知道你叫毛果。这个名字够难听的。不过我知道你的画画得很好，在威尼斯的青年展上得过奖的对吧。别这样看我，我至多是个猎头族，没有狗仔队那么卑劣。你的资料是团委老师给我的。我现在正式邀请你加入我们学生会宣传部。加入之后，我就是你的领导，你就是我的下属。你听明白了么。

我想我听明白了。安真是个言简意赅的人。这时她"啪"的一声打开了手里的一罐"蓝带"啤酒。我刚想说，我不能再喝了。可是舌头还打着结，怎么也说不出来。等我把舌头整理好要说出来时，安已经把一罐啤酒灌进自己肚子里去了。喝完，她长舒了一口气，说，总不能浪费。接着又长舒了一口气，把另一罐啤酒也灌下去了。我想安真是个节约的人。

接下来我们又闲谈了一会儿，准确地说，是安在闲谈，我在闲听。所以我知道安是北京人，之所以考到南京来是因为想在南方生活一阵儿，但讨厌更南方特别是更南方地区的男人。还有安当时被爸妈逼着填了志愿，填的是国贸系，结果分数不够，被调剂到中文系来了。用她自己的话来说，是死得其所。

我终于问安，你刚才怎么认出我来的。安就有些惊异地说，你不知道军训时你在女生中间就已经很有知名度了，现在说话动辄就脸红的男孩子可不多。不过我算是开了眼，今天看到你还有这么丑陋的一面。

总之，那天我在安跟前算是把脸丢尽了。

以后的日子里，我受到了安不少的奴役。大体讲，就是为开学以来接踵而至的军训汇展、校园文化节和秋季运动会等等的宣传工作鞠躬尽瘁。安是宣传部副部长，她对手下很凶。说是手下，其实能被她使唤的也就四个人。除我以外，还有两个法学院的仁兄，在我的脑海里已是面目模糊了。再就是一个俄语系的叫黄莺的女孩，写得一手好魏碑，还长着一双美丽的大眼睛。可是，由于她在安跟前长期像个忍气吞声的小媳妇，大眼睛就总是有些黯然。

安的专制没有使我垮下来，但令我恼火的是，她在艺术上和我存在着巨大的分歧。安总是认为我画出来的东西太过抽象，没有主题。我对这一点始终不得要领，后来我终于大致摸清了她的思路。安的意思是，如果是画军训的宣传橱窗，就应该画一顶红星闪闪的军帽和一些枪支。如果是近视预防周就应该画一个学生戴着靶子一样一圈圈的酒瓶底眼镜。我说以此类推如果是全国卫生日是不是我最好画一个抽水马桶。安说，对，这是个基本原则，画以载道嘛。我说载什么道，这哪里是艺术，分明就是政治。安就正色道，宣传机构是政治的喉舌，说白了就是国家机器的一部分，本来就是政治。安的样子非常认真。安认真的时候，眼睛就高速地眨动，哪怕是最为自信的时候。我突然觉得这时候安其实蛮可爱的。

现在回想起来，安对我还是很不错的，主要体现在部里一月一度会餐的时候。安其实是个很节约的人，当之无愧的守财奴。比如在我要求部里多买些排笔和三十六色的宣传色时，安就会眉头一皱，说排笔就不用了吧，多描几笔颜色不就填满了么。三十六色是不是太多了，宣传画风格贵在清新，不用搞得这么斑斓，二十四色够用啦。如此种种。不过当大家知道安把公款省出来，是为了在大家吃喝时能够多一道酱猪手或是鱼香肉丝，就都对她冰释前嫌。安对我的好是体现在吃喝时为我挡酒，先是说谁也不许灌毛毛，把他灌倒了他的活就谁来干。那种时候大家都是人来疯，对她就有些颠覆权威的冲动，就都举着酒杯满桌追着我跑。安就大义凛然地说，好，我替他喝。一扬手就是一杯。大家就起哄，感情深，一口闷。安就说，好，一口闷。就又一口闷了一杯。由于安的倡导，我们会餐都是“水浒”吃法，就是所谓大块吃肉，大碗喝酒，而且喝的是白酒。安是我见过的酒量最好的人，从来没有被放倒过。每次吃完，我们都挺胸凸肚地在安的带领下仰天大笑出门去，换来些鸡毛店老板敬畏的目光。

虽则如此，我在宣传部里是越来越待不下去了。不光是因为把别人拍拖和学习的时间全部用在卖苦力上，而且这些应制而作的东西画得多了，竟然有些出人意表的副作用，那时我还给一个朋友办的时尚杂志画些插图。有天我去送稿子，他突然对我说，你的风格怎么越来越通俗了。我说通俗好啊，陈逸飞、丁绍光不都是走的通俗路线么。他想了想说，我是给你面子，其实是越来越俗了。不过，大俗即雅嘛。我听了就想把画扔到他脸上去。

我的艺术生命快给安毁了。我和安的上下级关系分崩离析是迟早的事，不过还是来得太快。是因为纪念田汉百年诞辰的话剧节，安分配给我的任务是为参演剧目做一组海报。我想这终于是件关乎艺术的事情，就大有摩拳擦掌之感。花了两天一夜，完工的时候，我的自信心简直膨胀到极点。这样的作品如果学生会有史料博物馆应该成为馆藏品。我把海报做成了黑白系列，丝网版风格，极其繁复而唯美。画得我手都酸了，就算是伯恩·琼斯①也未必有这样的耐心。

---

① 伯恩·琼斯（1833—1898），英国人，新拉斐尔前派最重要的画家之一，代表作《梅林的诱惑》《国王与乞食少女》。——编者注

我去找安来看的时候是有些莫名其妙的讨好心理的。我等着安的脸上绽开花一样的笑容。安进来一看，愣住了。我想她是惊艳了。谁知道她愣了几秒钟之后咬牙切齿地说，这是什么呀，一块块一绺绺的，主题呢，主题呢，重画。我也愣了，愣了一分钟之后我说，安，这画是该重画，不过就不是我的事了。

我就这样离开了宣传部。

爸妈很欣慰，认为这是成熟的表现。说早该收收心了，不要以为进了大学就进了保险箱，学习成绩还是要抓，靠小聪明成不了事，以后要想出国深造，GPA（平均成绩点数）是最关键的。

那年的学习我到底是抓晚了，学分绩点掉到三十名，真是很惨痛。后来我就一边发奋学习一边想，我和安的关系算是完蛋了，我可能会怀念她的。

不过这又是我一厢情愿的想法。很快安又来找我了，安说毛毛，我们买卖不成仁义在，大家还是朋友是不是。我说是，又想就这个比方真让人没办法说不是。

不过安在确定我们还是朋友之后就又不怎么找我了。她说毛毛其实我早就号准了你是个乖小孩，我其实以前主要是在利用你，你还把我当朋友我真的很感动。

二

后来我真的很长时间没和安有什么接触，经常在路上遇到也就是点点头，或者聊上几句。不过几次偶遇，她给我的印象都有些新意。其实安是个很好看的女人，她是在大学迅速地从女孩质变到女人的那类。她的美不在风情，而在于她身上散发的活力。这活力是有感染力的，像是久雨后的阳光，让你觉得生活刹那间美好起来。

这以后我的生活比较平淡，拿了几次奖学金，顺便谈了一次恋爱，是个法文系的女孩。我们的关系很融洽。在我早上赖床不起的时候，她就去汉阳路上给我买肉夹馍，然后托传达室的看门大爷给我送上去。后来我们和平分手了，因为她拿到了国外大学的录取通知书。不过我没有想到这件事会受到安的干涉，安把那个女孩找出来凶神恶煞地问人家是不是把我给甩了。女孩就战战兢兢地对我说，毛果我们好聚好散你何苦找了个女杀手来。我就给安打电话，说安你不要管我的事好不好。安说毛果我觉得这个女孩很衬你，我已经默默祝福你们很久了，谁知道是个潘金莲。我说安你又乱用词了，我原以为你比以前成熟了呢。安沉默了一会儿说，毛毛，我们是拴在一根绳上的。

后来我知道安的话是有来处的，原来双鱼座的形状就是尾巴拴在一起的两条鱼。

有关安的传闻那时候有很多，比较确凿的是安走马灯一样地换男朋友。但是也有很多男生以忝列为她的一任男友为荣。学院里大多数人都知道安和我的特殊关系，但是怎么个特殊法，连我自己也说不清楚。有个新加坡的交换生找到我，说要正正经经地追求安，要我帮忙接近安。我说，哥们儿你真是太不体贴了，我自己刚刚失恋啊。我相信他是有诚意的，最近他总是在宿舍里练张国荣的歌。上厕所的时候都是“风再起时”，因为张是安唯一的偶像。我还是帮他把安约出来喝茶。

我的好意被安很没礼貌地拒绝了。安说就是那个小白脸啊。我说什么小白脸，我们班好多女生为这帅哥寤寐思服呢。安就说，毛毛你记住，帅是一种状态，男孩子要么帅，要么不帅，如果帅不起来沦落为漂亮，那是最可悲的。她想了想又说，好好努力，你会是个帅男人的。

安那时已经辞去了宣传部的工作，位于市中心的大学本部有更多的精彩可以令安如鱼得水。安在百忙之中会经常出其不意地关心我一下。就这一点来说，我是感到有些幸福的。可我却是个不太称职的朋友，当然我不是个喜欢介入他人生活的人。主要也要归结于安的生活太过瞬息万变。常常有关她的消息在校园里不胫而走了一大圈，到我这里尘埃落定时，已成为旧闻了。

不过当我听说安和一个黑人已经同居了一个月还是感到有些吃惊。消息是从那个新加坡哥们儿那里来的，他和其他的留学生会有些及时的交流，这些交流当然是任何方面的。我不能排除他在这件事情上因为个人情绪有添油加醋的嫌疑。但是由于无风不起浪和三人成虎的原则，我没办法为安在舆论上做任何的澄清。校方对这种事情是有些严厉的对策的。我可不希望自己的朋友成为杀一儆百的工具。我迅速地拨了安的手机号码，里面传来一个亲切而冰冷的女声，告诉我这个号码已停机。我记得我当时骂了一句粗口，或者是在心里骂的。

就在我通过各种途径想找到安的时候，她又给了我一个出其不意。那天我和一帮哥们儿正在东园打球。一个正要投三分球的家伙突然把动作定格了，同时脸上呈现出十分诡异的痛苦表情。这时候我们看见安和一个高大的黑色身影沿着看台走过来。虽然很远，也还是能看出这个男人健壮的轮廓。一个哥们儿就酸溜溜地说，看来安喜欢的是大只佬，够性感的。另一个声音接上来，恐怕喜欢的是他无处不大吧。接着一群坏小子就都坏坏地笑。我突然有些烦躁，铆足了劲把球砸过去，说行了行了，说着说着就往下三路上引。

这时安看到了我，兴奋地向我挥手。我想安你千万别过来，过来会自讨没趣的。想着想着安就过来了。安说，毛毛，来，我给你介绍 Mark。我迅速地调整了一下情绪，很配合地抬起头来，做出一个礼貌的笑容。Mark 已经把手向我伸过来了。这其实是个挺好看的黑人，的确是黑，五官长得令人舒服，有点类似于丹泽尔·华盛顿的类型。鼻子的比例稍大些，脸上就又多了些牛一样的温厚。Mark 说了句 nice to meet you（很高兴见到你），突然像个孩子一样指着我，Hi，毛老师。他阴阳怪气的中文把大家吓了一跳。我愣了一下，突然想起来怪不得这张脸面善，我之前在留学生部做过三个月的兼职汉语教师。由于是大班授课，加上我对这些黑白学生的细微差别本来就辨识不清，到后来干脆采取听之任之的态度，所以刚才竟没有认出他来。拜师生之谊所赐，气氛几乎在瞬间得到了改善。我很热情地邀请 Mark 加入我们。Mark 很乖地用眼睛征询了一下安的意见，然后大方地上了场。我相信我的哥们儿在十分钟后都会对 Mark 有好感。他是个很不错的球员，很认真，而且时时有些发挥，把球打出美感来了。尤其是三步上篮的时候，那一跃间可以看到黑得发亮的肌肉在轻微地律动。他在球场上争取着，却没有欧美人一贯的杀气，是很中庸而温和的争取。我想这和安有关。我朝安看了一眼，她帮 Mark 拿着外衣，静静地站在秋天的阳光里，像个幸福的小妇人。

以后 Mark 经常会来找我打球。打完了我们就和安去找地方吃饭和消遣。我们三个人都是肉食动物，所以经常光顾的地方是图门烧烤和清真大盘鸡。有天 Mark 突然杞人忧天地说如果有天所有的哺乳类和鸟类动物都死绝了，我们三个人怎么办。安毫不犹豫地回答他，那我和毛毛就把你吃了，因为你个头最大。有时候我就到安和 Mark 租的房子去，这是个筒子楼改造的小套间，被安布置得很舒适。我和 Mark 躺在床上看 Discovery（探索频道），安就到厨房里给我们做色拉吃。安做的色拉很好吃，Mark 说安用的是“妈妈之选”色拉酱，所以调出来的色拉有妈妈的味道。

一个单身汉和一对小夫妻有时候可以营造出一种最奇妙的温暖感觉。这种感觉是安和 Mark 带给我的。

冬天的时候，Mark 要回家过圣诞节。安的姑妈在美国，她办了手续，和 Mark 一同走了。我在学期末收到一张选课表，学校在搞教改，据说在课程调整上也有新举措。我意外地发现周五下午开了一门散打课，就毫不犹豫地把这门课的编码填了上去。记得之前有哪个武警中队的特警分队在学校表演过一次，散打的一招一式令我十分心仪。我对没有尝试过的东西抱着一种有分寸的好奇心，而且散打在当时也没有跆拳道今时今日在大小健身俱乐部那么普及。我把选课表扫描了，用 E-mail 传给安。告诉她我报了哪些有趣的课，并给了她一些建议，因为安想迅速地补上以前落下的学分。在元旦前一天，我收到了安发来的一张明信片和一个大包裹。明信片上是堆着雪的科罗拉多山脉，安告诉我 Mark 的家在丹佛，就在山脉附近。安说包裹里是给我的元旦礼物，她说算了一下，我在圣诞之前是收不到了。我打开一看，是一对比赛用的拳击手套，红色的，让我想到安风风火火的时候。包裹里还夹着一张小纸片，上面写着，毛毛，很高兴你去学散打。男人，要有些攻击性。你会成为一个很棒的男人。

三

开学后我才发现选的课太多，不得不进行车轮大战。安和以往一样逍遥，二月底的时候说要和我一起过生日，却在三天之后跷课去了北京。我的经验是，作为安的朋友，你实在不能太认真了，你要习惯她给你制造的惊奇。

五月的时候出了件有关民族尊严的大事情。出事的第二天，安突然给我打来电话。当时我正忙着，受哲学系一个哥们儿之托，我画了一些标语牌，诸如打倒 NATO（北约）之类。他说要插到麦当劳门口去。安说，毛毛，我和 Mark 分手了。当时校园里非常吵，我大声地朝电话里喊，什么？安也吼起来，我和 Mark 分手了，我要见你。

我走进“答案”吧的时候，安正心不在焉地拿着个小瓶子往一只斑点狗身上喷。这只斑点狗是老板的，叫 Bob。我走过来的时候，Bob 扬起头想和我打个招呼，却一连打了好几个大喷嚏。安就跟着干笑了几声。我吸了吸鼻子，说，Poison。安有些惊奇地说，毛毛你懂这个啊。我其实不懂，我碰巧有个过鼻不忘的嗅觉和一个永远走在时尚前沿的小姨。她那天就是浑身洋溢着这样的香气到我家里，然后对妈妈说，Poison，要两千多块一瓶啊。眼下安正把叫 Poison 的香水往斑点狗身上洒。

这是 Mark 送我的生日礼物，我又不用香水，给我也是浪费。他根本不了解我。安好像在和自己说，答案吧里打着青蓝色的灯光，所有东西的轮廓都变得消极和不肯定了。安看上去很瘦。

毛毛你怎么不问我和 Mark 怎么了。安问我。

我摇了摇头，刚要开口。安说，你是不是以为是因为轰炸大使馆事件啊。

可人民总是无辜的。我说了这么一句不痛不痒的话，然后发现自己的智商真是很低。

安说，Mark 认为美国政府不需要道歉，他退学回美国去了。你看，你也许觉得爱情和政治拉扯上关系是电影里才有的事。可是，实际上也是有的。艺术来源于生活，真是精辟。

可是，我爱他。安使劲抚弄斑点狗的短毛。斑点狗 Bob 开始舒服地哼哼，但很快被搓弄烦了，逃开去。

好了，我就是告诉你一声，无非而已。安突然一转头，很流氓地打了个响指，喊了一声，埋单。

我发现我是一直站着的。

安以后很少出现，连大课都不来上了。我周五去上散打课，有时看见她远远地站在体育馆门外，我想过去跟她说句话，她就走开了。安送我的拳击手套非常衬手，但即使我的动作再标准，打到对手身上也并不着力。教练指着对手对我说，记住，这是你的敌人。

可是，他不是我的敌人。我说。

一个月以后，安在更衣室门口截住我。安问我，毛毛，大使馆事件算过去了么。你可以陪我去麻醉一下么?

我想了想说，好。

安说，我都快要疯了。

我们打车来到了四兴路，这里好像是这座城市的三里屯。有些残破，聚集了很多外国人和其他各式各样的人。

“赛万提斯”吧比以往冷清了许多，不过音乐还算到位。Hip-Hop 还是很 High，随时准备叫人弹到天花板上去。我和安要了两瓶马天尼，走到二楼拐角的一张桌子坐下来。安小口地喝着酒，我看到她的眼睛随着音乐的节奏一点点亮起来。毛毛，我们下去跳舞。安把外衣甩到了椅子上，她里面穿了一件丝质的短恤，是很炫、很暴露的那种，好像是有备而来的装束。我们面对面懒洋洋地跳了一会儿。

过了九点半，人多起来。音乐也变得热烘烘的了。舞池里的气氛被烘烤得激昂了。人们簇拥着，开始没有章法地、混乱地扭动，好像和身边的空间做着斗争。DJ 也有些兴奋了，不时地把手伸到空中，在音乐的高潮处大吼一声。人群中就涌出如林的臂膀呼应他。安被感染着，突然发出了让我感到陌生的嘶叫。我看见她甩着头，把身体剧烈地晃动起来，像是一面迎风招展的旗帜。安开始大幅度地跳起扭腰舞。在她身边的很多人渐渐就成了观摩者，自己有一搭没一搭地动作着，看着这个颀长炫目的年轻女孩放纵忘我的表演。跳这种舞，安并不需要舞伴。

这时有些老外突然围拢了安，舞动着，群星捧月似的。不觉间我就给他们挤到圈子外面去了。其中有个装束性感的黑人，左耳上打了一排闪亮的耳钉。他舞得很辣，就有不少人叫好。我也看呆了，没想到男人也可以在公共场合把舞跳得充满挑逗意味。他扭动着，一面就把身体朝安贴过去。安处变不惊似的一路舞着。他得寸进尺，就势揽住了安的腰。安没有抗拒，很自然地把手搭在他肩上了。我和众人看着，不得不承认他们舞得很美，配合默契。这对不相识的男女，进退在节制与失控之间，处处是一触即发的生命力。舞得从容，如同黑白两色的兽类。我知道，能和安如此默契的人太少了。

安的表情是有些迷醉了，她半倚在黑人的怀中。那黑人的手有些放肆，开始探进安的丝质短恤。安开始挣扎，他猛然抱紧了安。

这时候，我在无知觉的情况下冲进去，一把推开了安。一个勾拳击向黑人的下腹部。

这么强悍的一个人，腹部也还是柔软的。我瞪大眼睛看着他在我面前慢慢矮了下去。我愣在了那里，安拉着我逃了出去。

我们跑了很久。安说，毛毛，我跑不动了。

我说，安，那不是 Mark。

安说，我知道。

六月里的夜风有些凉。

我问安，回去么。安说，不。

我们往前走了一阵儿，走进了叫作“明斯克”的表演吧。

台上有个女人在唱《三年》，这是个很高大美丽的女人。穿着阴丹士林的旗袍，除了妆化得浓些，并没有什么张扬的地方。嗓音也好，却和一般的女中音有些稍稍的偏差，差在哪里，说不清楚，却是沉郁淡定的。

安突然低低地说，她不是个女人。

我有些吃惊。她就又说，你看她胯骨那么窄。

我就笑了，说安你怎么突然那么俗了，又不是要生养孩子。

安说，不是的。就不说话了。

我们又走到街道的冷风里了。这时我听到安说，表面的东西，是靠不住的。

四

实习的季节到了，安去了北方的一个滨海城市。那里有些德国人留下的红瓦白墙，还有一座著名的栈桥。

安给我寄来很多照片，到后来几乎是没有挑拣的。也许是直接把胶卷拿去就冲印了两套或者更多，将其中一套寄给了我。所以这些照片里就有了很多即兴的东西。

有一组照片的主角是安和一些城市雕塑，这些真人大小的雕塑在城市里很流行。安的造型也是千篇一律，就是和这些雕塑接吻，无论男女老少，童叟无欺地热吻。因为要将就这些雕塑的千姿百态，安吻出敬业精神来了。有一张是个老大爷埋着头看报纸，我想象得出安曾经尝试过如何矮下身子也够不到他的嘴。安就到了他身后，艰难地勾着脑袋，用唇结结实实地捉住了他。为了表示自己的胜利，安一边腾出手来，冲着镜头打了一个 V 字。

有几张是模糊不清的，安说北方太冷了，镜头上起了雾。在寒冷的北方，安积极地消耗着她的热情，和这些人形青铜器，换取一些冰冷的吻。

后来安给我发了封 E-mail，要我用特快专递寄一些南京的咸水鸭和香肚。安说，成败在此一举了。我知道安是需要我的帮助去满足她的某些怪念头了。

一个月以后安给我寄来一张光盘。在看之前我问她里面是些什么，安说是关于一个南京的老太太。安说，我以你的名义送给她那些鸭子和香肚，她终于答应接受我的采访。

这个祖籍南京的老太太是个德国医生的遗孀。她的丈夫在一个清冷的早晨失了踪，她就一个人坎坎坷坷地活到了现在。她已经一百岁了。电视台为了采访她挖空了心思。她没有拒绝过，只是当他们谈起要做这样一个具有跨世纪意义的专题时，她就偏过头去，留下大片的沉默给他们。

在一次沉默的间歇，安扫视了这个洁净而暗淡的房间，觉得时间一点点地在身边融化掉了。老太太的床头挂着巨大的相框，里面是个表情严肃的少妇，身后是一级一级的台阶。安的目光也顺着台阶一级一级走上去，轻轻地说，中山陵。老太太眼里还瞌睡着，嘴里却接上去，说，嗯，中山陵、秦淮河、桂花鸭、香肚……不知道是说给谁听的，安听进去了。安就想着，中山陵、秦淮河是搬不来了，那是没办法的事。安对我说，其实也简单，我告诉她东西是一个小老乡寄来的，她没怎么想就答应了接受采访。

我就想起了一些往事，我说，安，你又打着老乡的旗号招摇撞骗了。安就笑着反问我，你不是她的老乡么?

我看了这张光盘。老太太给我留下很好的印象。她坐在轮椅里，有些佝偻了，但是她在采访的过程中总不忘把自己挺得更直些，提醒着自己当年的优雅。她很重视这次采访。她是个认真的人，认真地梳了一个老式的髻，丝绒旗袍也认认真真地把盘扣扣到了领口。她认真地讲述着，她认认真真地见证了这座城市的殖民、没落、新兴以及细枝末节的风风雨雨。可是她始终是个异乡人。

在她的边上，坐着一个青年。他长着浅咖色的眼睛和一个英挺的鼻子。安说，这是老太太最小的孙子，还留着四分之一的德国血统。安说，我觉得他爱上我了。我刚想说恭喜，安又说，不过后来发现是错觉。

安回到学校的时候有些衣锦还乡的意思。安是他们那一届实习成绩最卓著的学生。安参与制作的那个专题片在文化部获了大奖，又被送往柏林参加国际纪录片年展。

安所在的电视台当然没有忘记安的汗马功劳。他们做了承诺，说会给安在编制里专门留下一个名额，一直到安毕业，随时等她回来正式签约。

安说，毛毛，那里太冷了。

五

后来，那个男人在系里出现的时候，没人表现出太多的惊异。他说他是电视台新闻部的主任，代表台里来看看安。安实在是太风光了，电视台派个人来看看她学习和战斗过的地方，也不是什么大不了的事。

那天我正拿着申请函毕恭毕敬地站在系办公室里，等着系主任的大红章盖下来，好去申请借用学校礼堂，办个向希区柯克致敬的电影节。系主任正打电话，那个男人站在旁边。他看上去有三十多了，脸色阴沉沉的，目光疲惫。他把右手的食指和中指交替着绞来绞去，好像有些急躁，不像个省级电视台派来的钦差大员。

系主任打了好几个电话，皱了眉头，说这孩子跑到哪里去了。看见我在旁边，就说，毛果，去把安给我找来，告诉她台里来了领导要见她。我有些犹豫，说，主任，那这个……系主任就有些不耐烦了，说，拿来，拿来，我给你盖。看了一眼我手里的纸，说毛果你呀你，下学期保研名单就出来了，你还忙着纪念这个向那个致敬的。你导师老说你是个学术好苗子，怎么玩心还那么重。要是这学年名次进不了前三，谁也保不住你。

我一边欣赏着系主任的朱红大印，一边向电梯走过去。这时候听见后面的声音，你是毛果？我回过头看见那个男人，不知道他是什么时候跟上来的。他说，安经常提到你，你是安的……他把声音拉长了，好像等我来填空。我就填上：师弟。哦，他沉默了一下，说，安说你是她的男朋友。

我的脑海立刻浮现出安嘻嘻哈哈的样子，心中有些愤然，想安啊安，你一定是觉得自己年纪一把没有男朋友太不正常，又拿我出来垫背。

我愣了愣，听到那个男人问我，你真是安的男朋友？我在他眼里看到奇异的光。他接着又问，你不是安的男朋友吧？这回令我感到更加奇异的是，我在他的口气中听到了哀求。

我说，唔……

他说，我们谈谈吧。

六

我找到了安。安有些厌恶地说，不去。真没想到他把你也卷进来了。我说，得了吧，是你把我卷进来的，没有你，他怎么知道我的名字。我说，安，你在外面闹绯闻，又拉我做男二号。

安笑着说，毛毛，要对自己有信心。那个人根本排不上号。

我有些八卦地问安，这人结婚了没有。安说，结过，离了。接着安警惕地观察了我一下，说，我先声明，这和我毫无关系。

安说，毛毛，我发誓，我在电视台和任何人都“相敬如宾”，一点作风问题都没有。这个人真是魔怔了。非说上帝告诉他我是他生命中的另一半。可是他把他原来的那一半给扔了。人一辈子又不是七巧板，别人哪有工夫陪着他去拼拼贴贴。他是个基督徒，毛毛你说基督徒是不是都有些自欺欺人，有一次他拉我去看一个教友受洗，我看他们吃了个面包片就说是领了圣体，心里满足得不得了。

我说，安，就事论事，你这样攻击别人的宗教信仰总是不对的。

其实我对这个基督徒朋友是有些同情的，安事不关己的口气实在是太冷漠了。他对安这样执着多半是因为他对安缺乏了解。后来这个男人在一个大雨倾盆的周末手捧一束红玫瑰在女生宿舍楼下站了两个多小时。此举未免矫情，但是舆论渐渐对安不利了。

后来，安在文学院门口扇了这个男人一记耳光。

后来，安找了草场门的一个黑社会组织叫“金陵世家”的教训了那个男人一顿，结果教训得没了分寸，把人打残了。

安幸运地没有被追究刑事责任。学校给安记了大过，勒令退学。安头上还戴着光环，就这样迅速地自毁了前程。

安的父母这时候出现了，他们从北京千里迢迢赶来，希望校方在对安的处理上手下留情。我一个师兄告诉我，安的父母当着众人的面分别要把一大叠钱塞到副校长和系主任手里。师兄冷笑了一声，说没想到安有这样一对不通世故的父母。

安的父母是北京一个大型科研机构的高级工程师。我没想到安的家庭背景其实和我的很相似。这样的一个安。

安的父母找到我们家来，说知道我是安最好的朋友。他们在南京不认识什么人，希望看看我父母有没有什么路子，能够帮到安。他们对我的父母说，我们知道，你们也是知识分子，可为什么你们就教育得出毛果这样的孩子呢。后来又加了一句，我们也是病急乱投医。

我的爸妈于是知道，这对老实人，是连客气话都说不妥当的。

可是爸妈深深地同情着这对和他们年龄相仿的夫妇。他们又聊了很久，聊到老三届，聊到上山下乡，聊到他们最风光和最不风光的岁月。有太多心有戚戚的东西可以聊，话题渐渐偏离了原先的主旨。后来，安的父母也很自如了。直到爸爸说，你们说的事，我尽力而为。他们这才猛醒，又恢复到了刚才有些局促的模样，口里千恩万谢着，说幸好遇到爸爸这样一个有路子的人。其实爸爸又有什么路子，有的也就是一副好人的热心肠。

临走的时候，安的父亲对爸妈说，你们到北京来一定要找我们，咱们是有共同语言的，咱们都是一个层次上的人。

同样是一句不得体的恭维话，被实心实意地说了出来。

他们走后，妈妈淡淡地说，没想到安是这样一个女孩子，毛果，你以后不要和她来往了。

为了安的事，爸爸拐弯抹角地托了很多人。先是找到祖父一个多年未见的老朋友，以前在教育部任过职的。老先生就交代了还在部里做事的一个学生。这学生的连襟居然就是我们学校管学生工作的副校长的中学同班同学。

不管是什么原因，学校终于网开一面，把安的处分改为留校察看。

爸爸叹了口气说，毛果你千万别出这种事情，实在是太麻烦，太难办了。

安第二天晚上打电话到我们家，我听到安的声音，就故作轻松地对安说，安，恭喜你，改判死缓啦。

安说，毛毛，请你爸爸听电话。

我想安还算人情练达，懂得向我老爸道谢。

可是看到爸爸听着听着电话言语就激动起来了，说你这孩子，怎么这么固执，这种事情上容得你刚愎自用么。你怎么就不为你父母想想，你知道他们多么不容易。后来爸爸就不说话了，只是不断地叹气。

原来安要求学校撤除对她新的处分决定，她对副校长说不必多此一举了，因为她明天就要回北京去了。

爸爸叹了口气说，毛果，你要是这样，我就和你断绝父子关系。

我立刻给安打电话，安把手机关上了。我给安留了言。

第二天清早，安把电话打过来，告诉我她正在往飞机场的路上。

我说，安，你等着，我要去送你。安笑了，算了，我每年回北京，也没见你送我。

我不知道说什么好。

安说，你是想说，这次和以前不一样了是么？她停了一下说，对我而言，没什么不一样。

七

我没有料到我会这样想念安。

是在一个月后了。

安走了一个月。安什么都没有留下。

我终于从妈妈那里骗来了安家里的电话。安的父亲告诉我，安没有回过家，他当没有安这个女儿。

我给安发了很多封 E-mail，安没有回。

我的手机二十四小时开着，等着安打来。

朋友们开始说，毛果，你表现出的症状像是失恋了。我说，得了，我哪有你们那么庸俗。

我对他们说，我要去北京。

我对爸爸说，我要去北京实习。

妈妈说，别人实习是为了将来找工作铺路，你凑什么热闹。既然确定要读研了，好好收收心吧。还有一轮面试，不要掉以轻心。

元旦的时候，我收到安寄来的一个包裹，是一瓶皮革修复剂，拳击手套专用的。

我按照投寄单上的地址给安写了信。信退回来了，查无此人。

三月的时候，我拿到了香港一所大学的录取信。

临走的时候，一帮狐朋狗友去送行。

在候机厅，一个女孩子突然哭了起来，然后是两个和更多。

我突然觉得很烦躁。我说，哭什么，要是安，就不会哭。

所有的人沉默了，好像打破了一个禁忌。我知道，这个禁忌是不要在我面前提起安。这个禁忌被我自己打破了。

有个师妹轻轻地说，毛果，安，不大好。她不让我们告诉你。可是，你要走了。

我用目光斥退了别人阻止她说下去的企图。接下来，她表达得很流利。

其实，安回北京之前，已经在准备出国了。忙了三个月，考托考 G（GRE，美国研究生入学考试）。安的英文一直很棒。安说过，英文不好，去“天上人间”做小姐都没人要。安的考试发挥得很好，虽然申请得迟了，还是拿到了美国三所大学的录取通知书。安挑了丹佛。这所大学，在科罗拉多山脚下。签证的时候，安被一个一团和气的签证官拒签了。理由是她没有正式的学位证明，疑有移民倾向。安转签了加拿大，后来是英国，都被拒了。安在签澳洲的时候，交给出国中介一万块的保签费。那个公司信誓旦旦，说除非发生意外，否则是签定了。结果，在一次领事馆例行的抽查中，安的申请被抽了出来，因为不符合要求，再次被拒了。安找到中介公司，公司说，小姐，这就是意外。3/1 000 的概率，可以去买六合彩了。

安说，她出国是出定了。她走了别的路，而且因此出了名。安把白天和晚上的所有时间都砸到了三里屯和所有的涉外酒店。安说总会有老外看上她，出了国再熬上一年，怎么着也把婚给离了。是，那以后，有不少老外看上安，可是没人有兴趣和她结婚。安却收不住自己了，安陷进去了。安分不清自己这样，到底是为了出国，还是为了谋生。有次在昆仑饭店，安碰上了个喜欢 SM（性虐）的德国人。安被打得遍体鳞伤。安报了警。做这一行的，报了警就等于自首。安在医院住了一个星期，就被送进了收容所。

安住院的时候，在北京实习的师妹去看了她。安说，答应我，不要告诉毛毛。

师妹说，我临走的时候，安说了一句话，我们都不懂。

安说，毛毛跟我拴在一根绳上，可要是和我一起，在劫难逃。

我知道我不该流泪。真的痛，是鱼的鳞片被刮下来，一刀，再一刀。

安说我和她一起，在劫难逃。

尾声

我已经三年没有安的消息了。

我当然不会否认安曾经是我最好的朋友。可是，当我接到她的电话时还是错愕不已。安说，毛毛，我要生孩子了，预产期是明年六月。你要不要做孩子的干爹，教父也成。

在这种情况下，我当然应该说，好。可是我没有及时说出来。

我听到电话那头传来的长音。

是安把电话挂断了。

英珠

搬家的时候，取下挂在门上的明信片。有一张是白雪皑皑的巴朗山，六年前四川之行的纪念。翻过来，后面是一张铅笔画，已经褪了色，只有一些灰暗的线条。我看了一会儿，把它夹进笔记本里。线条却在眼前丰满清晰，那样一个夜里，应该是一些浓红重绿。

现在想来，相对我信马由缰的旅行观念，与号称“小铁人”的朋友陆卓去四川，算是一次失策。情况是，“小铁人”是极限运动的拥护者，现实中还算是个惜命的人。所以当他提出一日内徒步登峨眉金顶的建议时，我草率且略带兴奋地答应了。可想而知，此后经受了体力和意志的巨大考验。到了阿坝的时候，已经身心俱疲。旅游车在巴朗山上盘旋而上，我一路昏睡。除了在海拔三千多米的时候，遭遇了一个多小时的停顿。一辆小货车被泥石流淹没了一半，成了无可奈何的天然路障。后面司机按喇叭和骂娘的声音不绝于耳，直到事故平息。

车进入日隆，已经是黄昏。从地图上看，这镇子在小金县东边的一角。想当然觉得它应该是蛮荒的。所以，当我们看到几个一团锦簇的藏女举着纸花，在我们的旅游车前翩翩起舞的时候，确实有些意外。下了车，过来一个男人逐个办理门票预购。陆卓顿时明白，先前苦心设计的自助旅行攻略已等同废纸。这个景区在两年内经过了翻天覆地的商业洗礼。对于浪漫的个人探险者，已是好景不再。

这时候，围上来许多藏民，说着有些难懂的汉语。意思却是清楚的，因为他们手里捧着牦牛皮的挂件、鬼脸荷包和野生羚羊角。在十分沮丧的心情之下，陆卓语气有些粗鲁地将他们驱赶开。他们似乎并不很恼怒，脸上仍然挂着笑，远远地跟着，等待我们回心转意，好成全一桩生意。

手机的信号很弱，陆卓去了百米外的邮政所打电话。我一个人在附近逛。这镇很小，有一条一眼可望到头的小街。街后便是灰蒙蒙的四姑娘山，山势倒是奇伟连绵。街两边是些铺子，大概因为有半官方的性质，倒不见招揽客人。只是商品的价格，比藏民散卖的又贵了不少。我在一个银饰店前站住，对门口的一个虎头的挂锁产生了兴趣。正看得仔细，听见有人轻轻地喊：帅哥。

这声音有些生硬，由于轻，我并没有留意。直到听到又重复了一遍，我才回过头，看见一个藏女，站在身后。

“帅哥。”她张了张口，又小声喊了一声，然后笑了，露出了很白的牙齿。如同中国其他地方，所谓“帅哥”是生意人对年轻顾客讨好的叫法。只是眼前这个女人，是没有喊惯的。我问她：有事吗？

她又羞涩地笑了一下，牵动了嘴角的皱纹。面颊上的两块高原红，颜色又深了些。然后她走过来，又退后一步，低声说，我刚才听到你们说话了。你们想去大海子，他们没办法带你们去的。

我这才发现，比较其他的藏民，她的汉语算是十分流利。很快明白了，她表达的意思是，这里最美的景点海子沟，是旅行社经营范围的盲区。因为地势险峻，道路崎岖，车没办法进去。但是她可以租借她的马给我们，带我们进沟。

说完这些，她又低了头，好像很不好意思。我望到她身后，有两匹当地的矮马。看上去挺壮实，配了颜色斑斓的鞍子和辔头。

这其实是个好消息。我对藏女说，哦，是我的朋友不想跟团，你刚才应该和他说。

藏女抬起头，眼睛亮一亮，却又黯淡了一下，说，他很凶，我不敢说。

我笑起来。她也笑了，这一回因为笑得轻松，让我觉得她好看了些。

陆卓回来了，听说后也很兴奋，很快便谈妥了。后天和藏女一起上山。

她牵了马，却又走回来。我问，还有事吗？

她便说，你们还没住下吧。这里的宾馆，哄人钱的。我们乡下人自己开的店，价钱公道，还有新鲜的牦牛肉吃。我帮你们介绍一个。

大约最后一点对我和陆卓都有吸引力。陆卓说，恐怕也是她的关系户。我点点头，便也跟她走了。

一路上经过当地的民居，都是依山而建。大概也是就地取材，用碎石头垒成。两三层的楼房，倒也十分整齐。有穿了玄色衣衫的老嬷嬷坐在天台上晒太阳，看见我们，咧嘴一笑。

藏女赶着两匹矮马，上坡的时候，还在马屁股上轻轻推一下。嘴上说，都是我的娃，大的叫银鬃，小的叫鱼肚。

银鬃遍体棕红，却长着细长的银色的鬃毛，在夕阳底下发出通透闪亮的光。鱼肚胖一些，是一匹黑色小马，肚子却是雪白的。这大概也是名字的来由，想想看，还真的挺有诗意。

我便说，这名字起得好。

藏女便说，是请有文化的先生起的，娃得有个好名字。

陆卓便笑着问，那你叫什么名字？

藏女说，我叫英珠。

我重复了一下，觉得也是好听的名字，就问，是藏名吗？

她说，嗯，我们是嘉绒藏族。

然后便不再说话了。

我们在一幢三层的小楼前停住。这小楼看上去比其他的排场些，外面的山墙刷成了粉白色，上面绘着图案，能辨出日月的形状，还有的好像是当地的图腾。屋顶上覆着红瓦。门楣上有块木牌，上面镌着汉藏两种文字，汉文是工整的隶书：卡儿山庄。

英珠喊了一声，音调抑扬，里面便有人应的声音。很快走出一个中年女人，招呼我们上去。

女人粗眉大眼，是个很活泛的样子。英珠说，这是瑞姐，这里的老板娘。

这瑞姐就哈哈一笑，说，是，没有老板的老板娘。

我说，你的汉语也很好。

她一边引我们进屋，一边说，不好都难。我是汉人，雅安嫁到这来的。

屋里有个小姑娘擦着桌子，嬉笑地说，瑞姐当年是我们日隆的第一美人。

瑞姐撩一下额前的刘海儿，似乎有些享受这个评价，然后说，那还不是因为英珠嫁了出去。

说完这句，却都沉默了。

英珠低着头，抬起来看我们，微笑得有些勉强。她轻声说，你们先歇着。就走出去。

瑞姐望她走远了，打一下自己的脸颊，说，又多了嘴。

这时候我听见一种凄厉的声音，对瑞姐说，有人在喊。

这中年女人撣一下袖子，又爽声大笑，说，这是猪饿了叫食呢，你们城里人的见识可真大。

我说，你们把猪养在家里？

瑞姐远远地喊了一串藏语，刚才那个小姑娘嘟囔着出来，拿了瓦盆走到楼下去。

瑞姐说，这个尼玛，打一下动一动，永远不知道自己找事做。

她说，我们嘉绒藏族，把畜牲养在底楼。二楼住人，好些的人家有三楼，是仓库和经堂。

我们随她进了房间。还算整齐，看得出是往好里布置的。标准间的格局，有两张沙发，床上铺着席梦思。墙壁挂着羊毛的挂毯，图案抽象古朴，大概是取材于藏地的传说。

瑞姐将暖气开足，说到晚上会降温，被子要多盖点儿。

很快窗户玻璃上蒙了一层水汽。已经是四月，因为海拔高，这里平均温度却只有十度。茶几上有一瓶绢花，生机盎然地透着假，却令房间也温暖了一些。

瑞姐临走说，夜里洗澡，热水器别开太大，这边都用的太阳能。

晚上和旅行团并了伙，分享了一只烤全羊。参加了篝火晚会，看一帮当地的红男绿女跳锅庄，倒也是兴高采烈。

回到旅馆已经九点多。

陆卓去洗澡，不一会儿就跑了出来。钻进被窝里发着抖，牙齿打战，嘴里骂娘，说，操，还没五分钟，水透心凉啦。投诉投诉！

我说，算了，既来之，则安之。我去找老板娘借点热水。

到了外头，见老板娘正在和人说话。

瑞姐见是我，赶紧殷勤地走过来。我说，洗澡间没热水了。她立刻叫尼玛去厨房，拿了两个暖水瓶送过去。一面抱歉地说，这山里头就是这样，能源太紧张，屈待你们了。

我转过身，这才看到和瑞姐讲话的人是英珠。英珠裹了件很厚的军大衣，戴了顶压眉的棉帽，袖着手。刚才都没有认出来。

她对我浅浅地鞠一个躬，在怀里掏一个塑料袋子，伸手捧上来，说，送给你们吃。

我接过来，里面是一些很小的苹果。皮已经有些打了皱。但看英珠的态度，应该在当地是很稀罕的水果。

我还没来得及道谢。英珠又是浅浅低一下头，对老板娘说，我先走了。

瑞姐看着她走远的背影，深深叹了口气。

然后转过脸对我说，小弟，你们拿准了要租英珠的马，可不要再变了啊。

我说，不会变，我们说好了的。

瑞姐说，她是不放心。听说你们明天要跟团去双桥沟。团里有镇上马队的人，她怕你再给他们说动了。良心话，英珠收得可真不算贵，就算是帮帮她。

我说，哦，镇上也有马队么？

瑞姐想一想说，嗯，他们办了一个什么公司，叫“藏马古道”。专做游客生意。马也是从各家各户征来的。他们说不动英珠，英珠的马是她的亲儿，怕送到马队里受委屈。她现在一个人，很不容易。

我听了就说，其实，从管理的角度想，加入马队也不是坏事。像她现在这样找生意，就要全凭运气了。

瑞姐便又叹了口气说，英珠不是个糊涂人，她是忍不下心。她啥都没有，就这么两匹马娃子了。唉，就是个命，想当年，英珠是我们这最出色的姑娘。初中生，人又俊俏，在羌藏人里，算是拔尖的女秀才。毕业嫁给了县中的同学，两口子在成都做生意，那是见过大世面的。可惜了……

这时候听见陆卓在房间里喊，老板娘，电视怎么没信号啊。

瑞姐一边应他，一边匆匆又跟我说，小弟，你答应姐，可不要变了啊。

我点了点头。

第二天跟旅行团去双桥沟。好几个人在中途下了车，因为高原反应。或许是季节的原因，沟里一些所谓景点，平淡无奇，只剩下荒凉罢了。倒是没说处的地方，随处零落的藏人建造的“惹布补”塔，尚有些意味。

导游叫阿旺，年轻的藏族汉子。二十出头，说得一口好汉语，更到了舌灿莲花的境界。不过经他诠释过的绝景，总有些牵强。比如那座布达拉山，据他说是修造布达拉宫的范本，看来看去，总也不像。其他方面，似乎也有些信口开河。他身上穿的那件改良过的短打藏袍，陆卓很欣赏，问他是哪里买的。他说是他阿妈亲手织造，没的卖。不过看我们是远道的朋友，愿意六百块忍痛出让给我们。后来我们到了镇上，这件藏袍就挂在一家工艺品铺头的门口，价钱只有他说的一半。

到了沟尾的红杉林冰川，阿旺向我们打听起次日的行程。我说我们去海子沟。阿旺说那旅行团可去不了，不过他和镇上的马队熟得很，可以载我们去。

我说不用了，我们已经租了马。他就问我是跟谁租的。我想一下告诉他，英珠。他停一停说，卓波拉（朋友），跟我们租，后天送你们一个上午的跑马。陆卓有些心动。我说，不用了，已经说好了的事。

阿旺就有些冷冷地笑，就那两个小驹子，到时候不知道是马驮人还是人驮马。

回程的时候，天上突然下了冰雹，打在身上簌簌作响。然后竟然飘起了雪。我们都有些兴奋，特别是陆卓，他在热带长大，这雪也就成了稀罕物。不过下了一会儿，气温也迅猛地降了下来。回到旅馆的时候，手脚都有些僵。

一进门，瑞姐赶紧送上两碗热腾腾的酥油茶。捧在手里，咕嘟咕嘟就喝下去。其实味道不甚习惯，有些发膻。但一股热流下了肚，周身也就很快暖和起来。瑞姐又切了大块的牦牛肉给我们吃，说，小伙子要多吃点儿，都是暖胃的东西。

她坐下来，在炉子前烤手，望望外头，好像自言自语，这日隆的天气是孩儿脸，一天变三变。早上还顶着太阳出去……

这时候，有人敲门，小心翼翼地。打开来，是英珠。

英珠冲我们点点头，将瑞姐拉到一边，轻轻地说了几句。瑞姐皱一皱眉头，她便拉一拉瑞姐的袖子，求助似的。

这可怎么好？瑞姐终于回过神来，嘴里说。英珠便将头低下去。

瑞姐再望向我们，是满脸堆着笑。她对我说，小弟，看样子这雪，明天还得下，恐怕是小不了了。

我和陆卓都停下筷子，等她说下去。

她似乎也有些为难，终于说出来，英珠的意思，你们能不能推迟一天去海子沟。天冷雪冻，英珠担心马岁口小，扛不住。

陆卓着急地打断她，那可不成。我们后天下午就要坐车去成都，回香港的机票都买好了。

我也不知道该说什么。

英珠一直沉默着，这时候突然说了话，声音很轻，但我们都听见了。她说，这个生意我不做了。

安静了几秒，陆卓的脸沉下来，声音也有些重：早知道就该答应那个阿旺。人家怎么说有个公司，多点信用。

瑞姐赶紧打起了哈哈，说，什么不做，生意生意，和和气气。

又转过头对英珠使眼色，轻声说，妹子，到底是个畜牲，将就一下，你以为拉到这两个客容易？

英珠张了张嘴唇，还要说什么，但终于没有说出来，转身走了。

瑞姐关上门。这时候屋里的空气热得有些发炙，水汽在玻璃上挂不住，凝成了细流，一道道地往下淌。瑞姐拿块抹布在玻璃上擦一擦。外头清晰了，看得见影影绰绰的雪，细密地飘下来了。

我一夜没睡。

第二天清早，瑞姐急急地敲我们的门，脸上有喜色，说雪住了。

雪果然是住了。外面粉白阔大的一片，阳光照在上头，有些晃眼。

瑞姐在厅里打酥油茶，香味洋溢出来，也是暖的。她拿个军用水壶，将酥油茶装了满满一壶。又拿麻纸包了手打饼、牦牛肉和一块羊腱子，裹了几层，塞到我们包里，说山上还是冷，用得上。

装备齐整，她带着我们去找英珠。英珠就住在不远的坡上。两层的房子，不过外头看已经清寒了些，灰蒙蒙的。碎石叠成的山墙裸在外面，依墙堆了半人高的马料。

瑞姐喊了一声，英珠迎出来，身上穿了件汉人的棉罩褂。单得很，肩头的地方都脱了线。额上却有薄薄的汗，脸上的两块高原红，也更深了些。她笑笑，引我们进门去，说，就好了。

进了厅堂，扑鼻的草腥气，再就看见两匹矮马，正低着头喝水。

瑞姐就说，我们日隆一个镇子，唯独英珠把马养在了楼上。

英珠正拿了木勺在马槽里拌料，听到瑞姐的话，很不好意思似的，说，天太冷了，还都是驹娃子，屋里头暖和些。

瑞姐探一下头，说，啧啧，黑豆玉米这么多，可真舍得。这马吃的，快赶上人了。你呀，真当了自己的儿。

英珠还是笑，却没有说什么。

备鞍的时候，过来个男人，看上去年纪不很大，笑起来却很老相。英珠对我们说，这是我表弟，等会儿和我们一起上山。

我问，怎么称呼？

英珠说，都叫他贡布索却。

我嘴里重复了一下这个抑扬顿挫的名字。

男人将领口的扣子扣严了，拽一下褪色的中山装下襟，说，是说我腿脚不大好。

瑞姐轻轻跟我说，“索却”在当地话里，就是腿疾的意思。

陆卓担心地说，那你能和我们上山吗？

瑞姐赶紧说，不碍事。他呀，要是跑起来，一点都看不出，比我们还快呢。

备鞍的过程，似乎很复杂。在马背上铺了很多层。小马鱼肚，连一整张的毛毯都盖上了，显见是怕冻着。两匹马安安静静地套上了辔头，额上缀了红绿缨子。一来二去，花枝招展起来。时间久了，给银鬃上衔铁的时候，它抬抬前蹄，使劲打了个响鼻，好像有些焦躁。

这时候的银鬃，棕红的毛色发着亮，肌腱轮廓分明，倒真是一匹漂亮的马。陆卓走过去，牵了缰绳，说，嘿，就它了，谁叫我“寡人好色”。

鱼肚舔了舔我的手，舌头糙得很，热烘烘的。

从长坪村入了沟，开初都挺兴奋。雪还没化干净，马蹄踏在上头，咯吱咯吱地乱响，很有点跋涉的意境。

远山如黛，极目天舒。人也跟着心旷神怡起来。坐在马上，随着马的步伐，身体细微地颠动，适意得很。银鬃走在前面，眼见是活泼些，轻快地小跑似的。走远几步，就回过头来，望着我们。

贡布就说，它是等着弟娃呢。

鱼肚走得慢，中规中矩地，大约是身形也肥胖些，渐渐有些喘。英珠就摸摸它的头，从身边的布袋子里，掏出把豆子塞到它嘴里。它接受了安抚，也很懂事，就紧着又走了几步。头却一直低着。

英珠告诉我，这弟娃是个老实脾气，只跟着马蹄印子走。

我便明白，银鬃是必要做一个先行者了。

走了十几分钟，山势陡起来，路窄下去。因为雪又化了一些，马走得也有些打滑。这时候，我渐渐看出银鬃其实有些任性。它时不时走到路边上，够着悬崖上的青冈叶吃。虽然有贡布在旁边看管着，也让人心里不踏实。

陆卓回过头，眼神里有些紧张。

由于是跟着银鬃的蹄印，鱼肚的步伐不禁也有些乱。海拔高了，这小马呼出的气息结成了白雾。英珠从包里掏出一条棉围脖，套在鱼肚颈子上。我看到，围脖上绣了两个汉字——一个金、一个卢。

我就问英珠字的来由。

她笑一笑，说，金是我的汉姓，我汉名叫金月英，上学时候都用这个。

我问，那卢呢。

她没有答我，只是接着说，我们镇上的人，多半都有个汉名，在外头做事也方便些，除了老人们。到我们这辈，藏名叫得多的，倒是小名。

陆卓就问，贡布的小名叫什么。

贡布说，我的小名可不好听，叫个“其朱”。

英珠就“呵呵”地笑起来，“其朱”啊就是小狗的意思。藏人的讲究，小时候的名字要叫得贱些，才不会被魔鬼盯上。贡布家里不信，前几个孩子名字叫得金贵，都死了。到了他，也是落下了小儿麻痹才改成“其朱”，后来倒真是平安了，留下了这棵独苗。

我说，我们汉语里也有，有人小时候就叫“狗剩”。

英珠说，人，说到底都是一个祖宗，说的想的都一样。后来是敬的神不一样，这才都分开了。

听她这样讲，我突然觉得，曾以为寡言的英珠，其实是个很有见识的人。她娓娓说着，让人心里好像也轻松起来。

陆卓就回过头来，嬉皮笑脸地说，那我该叫个什么藏名，才衬得上？

英珠想一想，很认真地说，敢在这险沟里走，得叫个“珀贵”。在藏话里是雄鹰的意思，是真正的男子汉。

陆卓就有些得意忘形，振臂一呼：“珀贵”，同时双腿一夹，身子弹了起来。

我就看见银鬃尾巴一颤，身体过电一样。突然头一甩，抬起前蹄，长嘶一声。慌乱中陆卓抓住了它的鬃毛。

贡布一个箭步上去，捉紧了银鬃的缰绳，由着它使劲地甩头，直到平静下来。

我和英珠都有些发呆。我清楚地看到，贡布右手的虎口上，被缰绳勒了道淤紫的血口子。贡布从地上抓起一捧雪，敷在伤口上，有些不自然地笑了，一边对陆卓说，年轻人，在这山崖上头，可不能跟马过不去。

以下的一程，就都有些小心翼翼。

大约又走了二十分钟，我们经过一个很大的草甸。英珠说，这是锅庄坪，是我们过节跳锅庄的地方。在这看四姑娘山，看得最清楚。可惜今天雾太大了。

到了另一个更大的草甸，太阳竟然当了头，身上的厚衣服已经穿不住了。瑞姐说得没有错，这里的天气，真是一天三变。听说这草甸叫朝山坪，每年农历五月初五，藏人们便要在这里举行朝山仪式，当然还要赛马庆祝。

我看这草甸，茫茫的一片黄绿，倒是颇有些草原的景象。看着银鬃步幅加快，小跑了几步。连后面的鱼肚也有些蠢蠢欲动。

陆卓有些不放心似的，朝这边看了看。贡布遥遥地挥下手，喊道，跑吧!

银鬃得了令，便飞奔出去，好像前面是憋屈得久了。的确是匹好马，步子轻松稳健，渐渐四蹄生风，连同马背上的陆卓都跟着飒爽起来。不一会儿跑得没了影。几分钟转回了头，英珠笑着喊，不要跑远了。陆卓一拉缰绳，回她一句："草阔任马跃嘛。"

马跑够了，人也有些倦。

穿过整片橡树林，又走了两个小时，才到了"打尖包"。打尖是本地话，意思是吃便饭。见一个游客坐在石头上，捧着面包大嚼。我们便也入乡随俗，吃了点东西。这时候走来几个人，是昨天从花海子下来的登山队。攀谈一会儿，说本来打算登大峰，到底放弃了，有些路被雪封上了。天不好，再往前走，都没什么人了。

稍稍休息了一阵儿，已经到了下午。先前遇见的游客要跟登山队回日隆去，说屁股要给马背磨烂了。英珠笑一笑说，大海子总应该要看一看，否则白来一趟了。

我们上了马，这时候的阳光澄净。经过藏人的白塔，上面插着五色的经幡与哈达。英珠停下来，站在塔前默祷。一只鹰在不远处的天空静静地飞翔，盘旋。它的影子倒映下来，迅捷无声地掠过前面的山岗和草坡。陆卓仰起头，轻轻地说，“珀贵”。

当雪再次落下的时候，我们正走在青冈林泥泞的路上，几乎没有知觉，直到天色暗沉下来。贡布抬头望了望天，说，坏了。

我们起初以为不过是昨天天气状况的重演。但当半个小时后，雪在天空中开始打旋，被凛冽的风挟裹着打在我们脸上，我们开始理解了他说出那两个字的分量。

远处的山色已经完全看不见，好像被白色的鼓荡起的帷幕遮了个严实。这时候，马开始走得艰难，鱼肚缩着颈子，努力地与风的力量抗衡着。每走一步，腿脚似乎都陷落了一下。银鬃使劲甩着头，不再前行，即使贡布猛力地拉缰绳，也只是用前蹄在雪地踢蹬。雪很快就污了，露出了泥土漆黑的底色。

我们遭遇了山里的雪暴。

雪如此迅速地弥漫开来，铺天盖地，密得令人窒息。英珠使劲地做着手势，示意我们下马。我们刚想说点什么，被她制止。稍一张口，雪立即混着风灌进了喉咙。我们把重物都放在马背上，顶风而行。雪很快地堆积，已经没过了脚背。贡布在不远的前方对我们挥手，他身后是一块很大的山岩。我们明白他的意思，那里会是个暂时的避风港。

我们费了很大的力气，走到了岩石背后，却站住了。岩石背后，卧着两头野牦牛。一头身形庞大，另一只还很幼小，偎着它，半个身体都覆盖在了它厚重的皮毛下面。它们瑟缩着，被风吹得几乎睁不开眼睛。但是，当大的那只看到了我们，几乎条件反射一样，猛然站了起来，同时发出粗重的呼吸声。在它凌厉的注视下，我们后退了一步。它抖一抖身体，低沉地“哞”了一声，向我们逼近了一步。银鬃受惊一样，斜着身体在雪地里踉跄了一下。

我们只有离开。

终于在半里外的地方，我们发现了一顶帐篷。走近的时候，一块积雪正轰然从帐篷上滑落，让我们看到它斑驳晦暗的颜色和一个很大的窟窿。我想，这或许是个登山队的废弃品，但对我们却好像天赐。

我们掀开门帘，看到里面已有两个人。是一对青年男女，靠坐在一起，神情颓唐。看到我们，眼神却如同刚才的牦牛一样警惕。在我们还在犹豫的时候，男的说，进来吧。

帐篷突然充盈了。英珠望望外面，对贡布说，让弟娃进来吧。贡布出去牵了缰绳。当鱼肚探进了头，年轻男人很大声地叫起来，马不能进来。

英珠一愣，几秒钟后，她半站起来，对男的深深鞠一躬。我们听到近乎哀求的声音，先生，它年岁很小，这么大的风雪。

男人不再说话，将头偏到一边去。

我们静静地坐在帐篷里，听着外面呼啸的风声。这声音如同落进了旋涡一样，慢慢地远了，消失了。周而复始。积雪渐渐厚了，在篷顶上滑落，簌簌地响，突然坠下，便发出轰然的声音。这过程也令人心悸。雪混着风从帐篷的窟窿灌进来。年轻的女孩使劲打了个喷嚏。贡布站起身，在包里翻找，掏出一块毛毡，又从随身的荷包里取出了粗针与麻线，对我说，小伙子，帮个忙。在我的协助下，他将毛毡铺在窟窿的位置，开始一针针地在帐篷缝下去。

鬼天气！青年男人恶狠狠地骂了句。

这成为陌生人对话的开始。我们于是知道：男的叫永，女的叫菁，从成都来，是和大队伍失散的登山队员。失散是因为疏忽，疏忽是因为沉溺于爱情。他们身边摆着专业的登山设备，这会儿靠在帐篷上，狼狈地滴着水。

话题只是四个青年人的话题。消磨时光，无所不谈其极。谈时政，谈足球，谈热播的电视剧，谈各自城市的见闻，谈明星的八卦。终于谈到成都，这城市是我们见闻的交集。陆卓说，成都人太清闲，到处都是打麻将的。永说，就是太闲，又不想打麻将，所以来登山。菁抓紧了永的袖子，说，我倒情愿现在有个麻将打。陆卓说，有副扑克打打八十分也是好的。

终于谈到了吃。成都有太多好吃的，钟水饺、龙抄手、赖汤圆、万福桥的麻婆豆腐。在这谈论中，突然感到了饿，前所未有的饿。

我把手打饼和牦牛肉拿出来分给大家吃。

肉已经完全冷了，但是风卷残云。

永舔了舔嘴唇，什么肉这么好吃？我说是牦牛肉。他说，以前真不觉得好吃。

贡布在膝盖上敲了敲烟袋锅，笑着说，饿肚谷糠化龙肉。

天光又暗淡了一些，已经快要看不见东西。永从旅行包里掏出一只应急灯。打开，电已经不足够，发了蓝荧荧的光。忽闪着，鬼火似的。而风声似乎更烈了。我们清楚地感到温度在下降。我看见英珠卸下了马鞍，将身上的军大衣脱下来，盖在鱼肚身上。贡布扔过来一只羊皮壶，说，青稞酒，爷们儿都喝上一口，身子就暖了。

我喝了，有点烧心。递给陆卓。陆卓脸色苍白，直愣愣地，也不动弹。我碰碰他，他才接过来喝下去，却猛地吐了出来，然后开始干呕。他使劲地按着前额和太阳穴。我知道，是起了高原反应。这里的海拔，差不多已经接近四千米了。

应急灯闪了一闪，突然灭了。帐篷里一片漆黑。在这突然的死寂里，我们看不到彼此，但都听到外面的风越来越大，几乎形成了汹涌的声势。帐篷在这风的撞击下，也越来越剧烈地抖动。好像一个颤栗的人，随时就要倒下去。

有人啜泣。开始是隐忍而压抑的，渐渐放肆起来，是菁。

我们知道，她用哭声在抵抗恐惧。但在黑暗里，这只能令人绝望。

陆卓有些焦躁，开始抱怨。永终于大声地呵斥，哭什么哭，还没死呢。

然而，短暂的停歇后，我们听到的是更大、更由衷的哭声，几乎歇斯底里。

这时候，有另一种声音，响起来。

极细弱的，是一个人在哼唱。

是英珠。

英珠唱起一支歌谣，用藏语。

我们听不懂歌谣的内容，但是辨得出是简单词句的轮回。

一遍又一遍。

旋律也是简单的，没有高潮，甚至也没有起伏。只是在这帐篷里萦绕，回环，充满。在我们心上触碰一下，又触碰一下。

我们都安静下去。什么都看不见，什么也听不见，除了这歌声。

我在这歌声里睡着了。

醒来的时候，天已经大亮。

看见阳光从帐篷的间隙照射下来，温润清澈。

眼前的人，是英珠，靠在马鞍上，还没有醒。挨着她的鱼肚，老老实实地裹在主人的军大衣里。它忽闪了一下眼睛，望着我。

这才看到，英珠穿的不是初见她时颜色暗浊的衣服，而是仿佛节日才上身的华丽藏袍。黑色绒底袖子，红白相间的腰带，裙是金色的，上面有粉绿两种丝线绣成的茂盛的百合。

我从包里翻了翻，掏出在镇上买的明信片。大雪覆盖的巴朗山。又找出一支铅笔头，在明信片的背面，我画下了眼前的英珠。

鱼肚低下头，舔舔主人的脸。

英珠揉了揉眼睛。

她发现我正在画她，不好意思地低下头，撩一下额前的头发，拉了拉藏袍的袖子。

她笑一笑，说，有的游客喜欢在山上拍照，我也算是个景。

临近中午的时候，我们到达了目的地。看到了墨蓝色的大海子，很美。

我们要离开日隆了。

瑞姐送我们去车站。问起英珠。瑞姐说，英珠回来就发起了烧，给送到镇上医院去了。唉，这么冷，大衣盖在个畜牲身上。

瑞姐叹一口气：人都烧糊涂了，只管叫她男人的名字。

我突然想起什么，问道，她男人是姓卢么。

瑞姐愣一下，说，是啊。三年前的事了。两口子本来好好地在成都做生意。她男人说要帮她家乡办旅游，要实地考察，就跟我们一个后生上了山。那天雪大的，马失了蹄，连人一起滚沟里了。精精神神的人，说没就没了。那马那会儿才下了驹没多久，驹娃子就是鱼肚。

大约是又过了几年吧，极偶然地，我从一个民歌歌手那里，问到了当年英珠在山上唱起的那支藏歌。

歌词真的简单，只有四句：当雄鹰飞过的时候，雪山不再是从前模样，因为它那翅膀的阴影，曾经抚在了石头的上面。

威廉

威廉是老朋友了。

但到了温哥华机场的时候，看到一个大胡子的男人，远远地对我招手，还是有些发怔。我推着行李车，从他身边走过去。

嗨，毛阿伦。

没错了，是威廉。这个世界上，只他一个，将我的中国姓氏和英文名字合在一起叫。

我停下，转过身，迎接了一个热烈的拥抱。威廉拍了拍我的肩膀，然后定了定神，看了我，说，啊哈，兄弟，你长大啦。

或许是吧，这几年，多少经历了一些事情。有好有坏，都是要帮人成长的。

威廉其实并没有怎么变，还是兴高采烈的样子。大胡子让他看上去更 man（男人）了一些，但是一开口，就又露了馅儿。

“嗨，我现在是不是比较像马克思?”

我在心里想，其实是像本·拉登多一些。这时候，威廉的福特车突然间狠狠地跳动了一下。

威廉回过头，抱歉地笑一下，说，二手的老爷车，总有些脾气。不到一百迈，就想着罢工。

我也笑了，富二代像你这样艰苦朴素的可不多了。

威廉又回头，说，什么代？

我说，富二代，就是广东话里的“二世祖”。

威廉轻轻“哦”了一声。

我想起了什么，终于问，你爷爷还好么，我记得他喜欢吃云片糕，给他带了一些。

这时候车拐了一个弯，上了安大略街，一切开始变得熟悉。伊丽莎白公园的树，还是浓密高大得很。树荫里有许多松鼠的眼睛。

他不在了。爷爷两年前去世了。

这回轮到我沉默下去，多少有些无言以对。爷爷曾是威廉最喜欢的话题，我记得因为爷爷的缘故，他永远用一口乡音，把吃饭说成“呷饭”。

已经是晚上八点多钟。温哥华夜得很晚，天色还是明朗的，路上的人很少。马路的一侧，有几个滑板少年，急速地经过我们，吹了一声口哨。

酒店在伯纳比西北。房间窗户看出去，高斯山的轮廓很清楚。威廉把行李靠窗放下，说，这地方不错。嗯，你确定不住我那里？

我笑一笑，说，温哥华太大，我不想时间都花在路上。

临走的时候，威廉丢给我一只手机，说，我的电话是快拨键，随叫随到。

晚上，J哥夫妇来看我。带来很多的糕点，还有他们新生的婴孩。这是他们第三个孩子了。J哥说，每生一个孩子，就在想我得多拍多少张照片来买奶粉。

我说，这倒是不错的动力。

动力就谈不上，大概也是时间太多了。这城市太舒服，会消磨人的意志。养老不错，不太适合年轻人。记得Edward么，已经去了多伦多。

Linda就指指J花白的头说，就是，才四十多的人，提前进入退休状态了。

J哥来加拿大前，是有名的新闻摄影师。一些大儒晚年的照片，都出自他的手。我看到过的是钱锺书、杨宪益。他太太便说，他是年轻时沾了太多的“暮气”，未老先衰。

阿伦，这两年在香港忙吗？他们问。

我说，呵呵，这城市倒是很催人奋发。

J哥吐了一个烟圈，说，年轻人，还是忙些好。

酒店距离养老院很近，乘 skytrain（架空列车）大概只是一站路。这是我选择住在这里的原因。第二天下午，我走进这座维多利亚式的建筑。虽然老旧，却没有颓唐相。依墙种着挺拔的橡树，也是有年岁的了。

草坪上有些老人在晒太阳。温哥华的阳光，七月份还是温润的。临海，并不潮湿。空气清澈，远景近物都很清晰。

树荫底下，有个老先生对我招招手。我举起那张“归去来兮图”的照片。他笑一笑。

我走过去。眼前的老人，不太能够看得出年纪。身体似乎已经风干了，裹在厚厚的毛线外套里，更显得单薄。眼睛却明亮，没有通常上岁数的人的浑浊阴翳。他握了握我的手，力气也很大。

老远就认出你来了，你和你爷爷的眉眼很像。他仔细地打量了我一下，皱一下眉头，说，可是你怎么这么黑。

这是加州的烈日暴晒的结果。

你是毛克俞的孙子，他又笑一笑，把身体调整成一个舒服些的姿势，满意地眯了眯眼睛。

这个姓陆的老人，与我素未谋面。但是，当我收到他的信，还是很快地决定来看一看他。那封信里，有我爷爷多年前一张画作的照片。还有几个青年人的合影，祖父蹙着眉头，面目严肃。我不得不承认，除了忧心忡忡的神情外，我几乎是他的翻版。

这几年来，家族里的老人次第凋零。祖父最小的七妹也已经年近九十。姑祖母总在敦促我为家里写一些东西。然而，各种各样的信札与照片，让我更为理不出头绪。尤其是，祖父的求学时代是家里人记忆的盲点。他的缄默与略微清冷的性情，或许使得很多的分享没有了出口。留下的，只有一些和同窗的书信，也似乎是就事论事。

这陆姓老人，是祖父在杭州国立艺术院的同门。他寄来的合影背后写着，想要和我说说“你爷爷年轻时候的事”。

现在我面对面和他坐着，面前摆着一杯清茶。他轻轻吹了吹茶杯上氤氲的热气。

我将照片放在他跟前，我说，爷爷的同学，现在都在哪里。

他指一指天，苦笑了一下，说起来，到现在恐怕也只剩下我一个了。我没别的，就是耐活。

我心里一阵黯然。他倒是说，孩子，你年纪还小，寿数这回事，谁说活得长就是好呢。我们那一班，吃了苦的，都是活得长的人。李可染、蒋海澄，谁躲得过去。依你爷爷那个脾性，我看也是顺当不了的。

威廉电话响起来的时候，我才想起来，晚上要去 J 那里去，吃他孩子的百日酒。威廉说，那地方可不好去，我过来载你吧。

我说，不要了，我自己能找到。

他说，等你找到，人家孩子该睡了。

我坐在车后座上，没有说话。

威廉说，那老头儿是什么人，知道你爷爷多少事情。

我说，应该知道很多吧，但也没谈出什么。

威廉挥挥手，说，别灰心，小伙子，他这么大的年纪，要给他一点时间。

我又拿出那张合影。在车灯微细的光线底下，爷爷的面色又哀愁了一些。

威廉对我伸了伸手。我说，专心开你的车。

他的手仍然伸着不动。我叹了口气，递给他。他看一眼，呵呵地乐了，说，阿伦，你们家的基因太毒了，你爷爷跟你长得一模一样。不过，他老人家看上去可够清高的。

我说，我觉得，他有些事情，没有跟我说。

威廉说，什么?

我说，陆老先生。我送了他一套爷爷的书。他说，当年我祖父在四川江津闭关，都在传说他在写一部书。但谁都不知道写完了没有。现在看来是没写完。我就说，那是四十年代了。他就没有再说话。

威廉，我说。

怎么？威廉把车灯打开。一只野鸭出现在光束里，仓皇地跳动了一下，飞走了。我这才发觉，天色已经暗沉下去。J住得真的挺远的。我们在路上，已经走了四十多分钟。

我说，没事了。

大胡子男人关上了音响。Take me home，now country roads（乡村之路带我回家）。声音戛然而止，没过渡地，一下子冷寂下来。威廉踩了一下油门，你是想问我爷爷的事么？

我想了想，说，我应该羡慕你，至少你爷爷一直在你身边。

本来有的忽然没了，不是更糟糕？威廉的声音有点凉。

J夫妇等在门口，说，可来了，一屋子人都在等你。

威廉没有下车，对我挥了挥手。

J很热情地走过去，邀请他也上来喝一杯。威廉把车窗摇下来，J似乎愣了一下，然后寒暄了几句，回转了来。

我们目送老福特倒车，拐了个弯，消失在路的尽头。J轻轻地问我，你怎么认识卢威廉的？

我看了看他，说，老朋友了，在南京就认识。

Linda说，你这个朋友，前阵子的名声不小。

J叹了口气，说，什么名声，浪荡子一个。

我站着没有动，Linda拍了拍我的肩膀，说，进去吧，外头有点凉。

J送我回酒店，已经是凌晨。

或许晚上说了很多的话，这时候就都沉默着。红酒的劲儿上来了，微微地头痛，睡意也浓重起来。

那个卢威廉，真是你的朋友？

朦胧之间，我听见J的声音。我点了点头。

他说，他的处境现在应该不太好，前阵子和他姑丈打官司，被温哥华的华人媒体弄得沸沸扬扬，最后还是输掉了。

我清醒了一些，问，为了什么？

J说，为了他祖父的遗产。卢老先生泉下有知，看到子孙们这样子，真不知怎么想。他一手打理起的家业，生意最好的时候，做到Dell（戴尔）60%的主板供货商。本来卢威廉是他唯一的孙子，铁定了继承江山的。这孩子太不争气。

我说，威廉的爷爷很疼他。

他说，是，可惜养而不教。听说到头来，是给这个宝贝孙子气死的。卢威廉一直都没有结婚，跟一个有夫之妇搅和在一起。你知道，福建出来的人，还是很传统的，哪里丢得起这个人。

酒店前台有留言。我一看，是妈妈打过电话来。

就打回去。

妈妈问起和陆先生谈得怎么样。我也说不出什么。

妈妈就说，别着急，就当替爷爷看看老朋友吧。几十年前的事了，原本也不能抱什么希望。见到威廉了？

我说，嗯。

妈妈的情绪似乎好起来，说，这孩子，很多年没见了，应该长得很大了吧。胃口还那么好么，呵呵。

我突然觉得有些烦躁，我说，妈妈，他已经不是孩子了，留了一脸的大胡子。

妈妈愣一愣，轻轻说，你们在大人心里，永远都是孩子。

我和威廉认识有十年了。那时候，有人跟爸爸说，亚美中心的郁教授新收了一个研究生，加拿大人，想练口语，让他和你们家毛果做语言伙伴吧。

当我如约而至，看见中心大厅里，有个穿唐装的年轻人，坐在红木沙发上，手里捧着一本《说文解字》。

现在回想起来，这一幕有些矫情。这个年轻人就是威廉。

我说，原来你是中国人。

他微笑了一下，说，No，准确地说，是华人。

我说，好吧，你在看《说文解字》。

他合上书，摊了摊手，说，其实看不大懂。不过，听说你是读中文的，怕被你瞧不起，就摆摆样子。

我一时无语，想一想还是问：那你是读什么专业的？

人类学，他说，Anthropology。

很快我发现，威廉是个好为人师的人。基于专业立场，他大概用了几个星期，跟我探讨史前尼安德特人在地球上的消亡之谜。他的中文十分流利，并且带有浓重的台湾腔。而且，是台南腔。这个并不奇怪，他的第一个中文老师是个在屏东长大的台湾女人。为了扭转这一点，我送给他一些赵本山小品的VCD，并且取得了立竿见影的效果。一个月后，威廉的普通话已经洋溢着一股浓郁的黑土地的味道。

后来我们的交流，多与文化无涉。威廉是个电玩游戏爱好者，我于是顺理成章地成了他实践新游戏的玩伴。偶尔也有旧游戏，比如“三国志”，可以被一厢情愿地理解为中国古典文化的精髓。有一段时间，他特别热衷于逛夫子庙，徜徉于那些人工的风雅和惆怅里头，在有些污秽的秦淮河上想象一下六朝的桨声灯影。然后买了一堆廉价的纪念品，和我炫耀他讨价还价的技术。总之，他肤浅与天真地理解中国，并且，以强大的带动力，把我从一个文化引领者的角色拖下了水。

总的说来，这是个不错的朋友，特别是他随和的脾性，凡事都是无可无不可。其他方面似乎也无从厚非，除了偶尔抽抽大麻。这一点我父母一直不知道。这太容易让一个年轻人贴上“坏孩子”的标签了。

所以，我母亲对威廉保持着很好的印象。她想当然地认为，这半年我的英文已经在这个年轻人的帮助下取得了长足的进步。

这一年中秋的时候威廉被邀请来家里吃饭。

其他的的确记不得了，只记得他吃得很多，而且几乎是风卷残云的方式，让我们这个作风略微矜持的中国知识分子家庭开了眼界。妈妈说，这孩子，还真是不认生。威廉非常有礼貌，每端上一道菜就及时地赞美，对妈妈的厨艺有近乎过誉的评价。这一点在妈妈的烹饪史上是前所未有的事情，并很博得了她的欢心。

威廉说，Aunty（阿姨），为什么你的菜可以做得这么好吃。

妈妈谦虚地说，并不是阿姨做得好吃，而是你吃惯了你妈妈做的菜。

威廉的筷子停住了，脸上的表情突然有些发僵。

在沉默的一刹那，他突然又绽开了一个灿烂的笑容，用请求的口气说，Aunty，你可以再为我炸一些薯条吗？

很久以后，我们才知道，威廉两岁的时候，父母在一场车祸里双双去世。他由他的祖父抚养长大。

冬天的时候，威廉去韩国参加一个留学生交流团，认识了来自哥伦比亚的克里斯蒂。克里斯蒂是个小鸟依人的拉丁裔女孩，成了威廉的女朋友。

有一天，克里斯蒂打电话给我，犹豫了一下，说，阿伦，我觉得威廉不很爱我。

我说，为什么。

她说，我曾经以为我和他是一见钟情。

我说，你们是一见钟情。在见到你之前，他在南京做了一年多的单身汉。

她说，阿伦，我可以给你看一些东西吗？

坐在我对面的克里斯蒂，看上去有些局促。“猫空”的大玻璃窗，把早春的阳光滤过，照在她脸上，白惨惨的。

我无意中看到了这个，真的，真的是无意的。她说。

我接过克里斯蒂递过来的信封。是一封航空退信，信上写着“查无此人”。她示意我打开。里面是几张信笺，上面有亚美中心的抬头。我立即认出是威廉的字迹。威廉只写漂亮的圆体字，这种没落优雅的英文字，只属于“遗少”威廉。信是写给一个叫“Tina”的人。

你要知道，我并不是个古板的女孩。克里斯蒂垂下眼睛，手指机械地动作，将空掉的咖啡糖包纸绕成了一只环。

从我父亲开始，我就知道男人靠不住。我并不在意，但是，他，我是说威廉，让我觉得不踏实。我经常不知道他在想什么，好像总是在走神。即使在做爱的时候，我也觉得他记挂着别的事情。对，有回我们在床上，他对我说，你知道吗，你的左右脸五官并不对称，如果把你的左脸复制到右脸，你就成了一个陌生人。可是，不是每个女孩儿都愿意在那种时候听到这样的话。

克里斯蒂摸了一下自己的面颊，突然打住了。她抿一抿嘴唇，似乎为自己的滔滔不绝而难为情。这是个平时话很少的女孩。何况此前，我们还没有成为可以推心置腹的朋友。

我开始读那封信，很快意识到，这和去年夏天威廉的泰国之行相关。他也向我提过这个叫蒂娜（Tina）的女孩，是布吉当地的一个妓女，只有十九岁。威廉对我很信任，向我描述了和这个女孩共同度过美好的三天。他认为这是年轻男人应谈论的话题，况且也没觉得有什么不可说的。威廉说，从渊源上来讲，这是中国文人最风雅的一部分。从杜牧到柳永，“十年一觉扬州梦”，最好睡不醒。

这或者是威廉中国通的一个确凿体现。但是，问题是，这封信里，并没有我预期的迷恋或者追怀。这是一封完全缺失感情色彩的信。确切地说，我好像在读一张产品售后服务回访表。

在这封信里，威廉高屋建瓴地谈了他对泰国“烟花工业”的考察与认识。大到对国家产业结构的影响，小到对具体设施的建议。然后，他以条列的方式指出蒂娜工作中的不完善之处。比如，英文咬字的含糊与发音的粗鲁；比如，在做爱的过程中爱说题外话，并总是忘记关掉手提电话；又比如，总是选择太过主动的体位，而令男人缺少了发挥的机会。甚至于，在接吻的过程中，威廉注意到她的舌苔太厚，而推荐给她一种新加坡产的中药茶。

在信的结尾，威廉说，你有很好的前途，足以吸引到更多的男人。但是，你需要表达出更多母性的东西。你知道，每个男人，无论他多么强大，心里都住着一个孩子。

在这句稍有诗意的话后，威廉写，你知道，我是“恨铁不成钢”。

这五字成语，威廉加注了中文。我想起，威廉曾经问过我，如果对一个人希望很大，但这人却让他很失望，应该怎么说？我说，恨铁不成钢。

我读完这封信，也有点不知所措。克里斯蒂小心地看了我一眼，然后轻声说，你是不是也觉得……有点儿变态。

我说，你希望我找威廉谈谈吗？

女孩叹了口气，然后说，不，不用了。他应该不知道这封信在我这儿。我，我只是想找个人说说。谢谢你，阿伦。

克里斯蒂并没有和威廉分手。这一年的五月，一个燥热的下午，我看见他俩出现在一支游行的队伍里。凌晨的时候，中国驻南联盟大使馆遭北约轰炸，下午高校学生就组织了抗议游行。国际友人的声援，是被欢迎的。威廉头上缠着白色的发带，T-Shirt 用红漆写着“打倒 NATO”，正在振臂高呼。克里斯蒂牵着他的衣襟，默默地跟着往前走。这两个黑头发的人，在这炽烈的队伍里，并没有一丝突兀。

因为这件事，威廉受到了亚美中心一部分留学生的抵制。当然不乏另一些人将他当作英雄。但是，在这个时候，他选择了离开。

克里斯蒂再没有充足的理由跟着他了。

现在，威廉一边开着车，一边谈着这些往事。用举重若轻的口气，好像事不关己。

他甚至谈到那封信。他说，那是年轻时的想法。如果将性看作一种产品，那么就如同买一包烟一样。阿伦你不觉得，这个世界太缺乏系统了吗？只有一个假的秩序，随时都会崩溃。

威廉，你想过自己的未来么，比较确定的？我问。

威廉摇摇头，说，我比较能够确定的，是你的将来。如果不出意外的话，大概会是个中产阶级的稳定生活，而且持续下去。

老福特在养老院门口停下，轮胎在沙地里摩擦出清晰粗粝的声响。威廉没有说多余的话，倒车，拐了个弯，消失在视线里。这几天，他每天早上去酒店接我，载我一程，就继续向西开过去。他告诉我，这里是去C大的必经之途。

对于威廉和C大的联络，我知道的是，那是他的母校。

威廉两年前在那里拿到了学位，历史学博士。

陆老先生今天的气色，似乎不很好。

我帮他拉开了窗帘，然后把轮椅的靠背直起来。他将一个暖手袋从毯子底下抽出来，紧了紧盖子，又塞进去。

他垂了一下眼皮，用很小的声音说，小伙子，有时候，真觉得活下去没什么意思。

我一时之间，不知道怎么应答。这时候，一个护士走进来，将两颗药放在他手里，看着他就着水吃下去。

一些水从他的嘴角边流下来，顺着下巴滴到围巾上。

我问，哪里不舒服？

他抬起头，让护士给他擦了擦嘴，然后对我说，胃气。

护士说，可能是昨天吃了太多的红豆粥……

陆先生摇摇头，说，是老毛病了，年轻时候就这样。那个时候，什么难受都可以忍。现在忍下去，不知道有什么意思。

护士嘴张一下，没有再说话。拿起空杯子，走掉了。

陆老先生阖上眼睛，很久。窗户外面有不知名的鸟的叫声，急促而婉转。听起来是有盼望的。鸟似乎在树丛里，但是树叶太茂密，什么也看不见。

转过头，发现陆先生正看着我，精神似乎好了一些。他长舒了一口气，说，年轻多好。

我问，您好些了吗？

他点了头，说，这些西药，其实不很济事。有个土方子，是管用的，用陈皮泡水。可是，这些洋鬼子，哪里懂得腌陈皮。

我说，嗯，我知道，这是我们南方的方子。

是，是你们南方人教给我的。可是这人也不在了。他抬起头，我顺着他眼光看过去，看到书架上摆着一张照片。上面是个清秀的女人，衣着还是老旧的样子。

是您太太？我问。

他点点头，说，我唯一的亲人，我幼无父母，老无子女。

这话是被他微笑着说出来了，听的人却不好受。我说，上次您交给我的那些信，我复印了一份，这些还给您。他仍然挂着笑容，说，你留着吧，我也带不走。

我拿出那只信封，小心地将有些发脆的纸页取出来，展开。对陆先生说，有几张照片，时间似乎不大对。这张，应该是您去法国之前拍的吧。您看，就是这张。

照片上三个青年人。中间是我的祖父，穿着有些臃肿的黑色长袍，背着手，面目是惯常的严峻。旁边是陆先生，手里拎着一只行李箱，眼神有些散。还有一位更年轻，却也没有意气风发的样子。

背景很模糊，看不清楚，只辨得出一角黛青色的屋顶轮廓。

陆先生接过照片，扶一扶花镜，想要看得仔细些。

他的手，抖了一下。

他将照片搁在自己的膝盖上，说，时间是对的。我从法国回来过一次，最后一次回中国。

哦？我问，是回来探亲？

他犹豫了，取下了眼镜，握在手里，没有声音。许久后，轻轻地说：奔丧。

外面传来硬物点击地板的声音，渐渐清晰。大概是一根拐杖，艰难地挪动。声响由远及近，经过我们的门口，然后又慢慢地萎缩，消失在空气里头了。

其实，这张照片可以不拍，都没有心情拍。可是，如果不拍，就再也没有机会了。

陆老先生又将那张照片举起。正午的光线照射进来，照片也跟着明亮起来，人的脸色，似乎也明朗了。

他说，毛果，你把那张像拿过来。

他指一指书架。我走过去，将这张照相取下来。相框是包银的，摸上去，一阵凉。

陆先生揭起膝上盖的羊毛毯，用手指卷起一角，擦了擦相框上的玻璃。擦得很轻，似乎怕弄疼了照片上的人。他的目光也变得温柔。他把照相递给我，然后说：

好好看看，她本来应当做你的祖母。

我猛然抬起头。

陆老先生正含笑看着我，表情平和，仿佛是在问我是否吃过早餐。

照片上的女人，有光洁的额头。很瘦，苍白着脸。嘴唇却很丰润，笑意藏在唇角里，人就生动起来了。

陆先生又抚摸了照片，说，也是六十多年前的事了。

说起来，读书那会儿，我和你爷爷交情很深。他长我三岁，又是班长，大小事都很照顾。你爷爷面相冷，性情其实是很好的。我一个人从北京来，年纪又轻，可以说是什么都不懂得，就是想学画。

全蒙他帮带，功课才会上去，他是我的半个老师。

我说，爷爷留下的东西里，没提到过您。

你们家应该有一些署名 L. C 的画稿，那是我画的。

你爷爷好金石，是西泠印社的常客。虽然是青年，却很受礼遇。有些楹联酬唱的机会，他也会带上我。我也很乐得去见世面。

有一回社庆。我们去了，坐下不久，就有了年轻小姐过来，问我们哪位是毛先生。你祖父回了礼。她说，谢谢您捐的印谱，戴本孝的这一方，我是喜欢得很。我是初学，将来要多向您请教。

你祖父只点了头。我却留了心。这小姐身形单薄，谈吐却是飒爽的样子，也并没有多说话，只说是姓吴。

回来路上，又说起。你祖父就说，这吴小姐是个女才子，听她品鉴恽寿平的“问花阜”，很有见地。我就说，听说她是吴隐吴先生的亲戚，正在中央大学读国文，来杭州过暑假，也在社里帮忙打点。

后来，我们去印社就勤了些。我知道你爷爷对吴小姐有好感。可是你知道他的性情，不会说出来。而我，这时候就很受煎熬。“爱”这个东西，是不容人的。

到了夏末的时候，吴小姐找到我，递给我一封信。请我转给你祖父，并说她开学，就要回南京去了。

我走到路上，恍惚得很。看那信封上，没有别的字。只有一方印鉴，篆着“思阅”，是吴小姐的字。我终于打开信。信不很长，意思却十分明白。吴小姐明天下午三点的火车，希望你祖父去送她。她有些话要说。

最后的落款下面，又是一方鉴，辨得出是“不负金陵”四个字。

那时候的我，是比你现在还年轻。绝望之下，我在白堤上走来走去。走到最后，把信放进了衣兜里。

第二天下午，我去了火车站，告诉吴小姐，你祖父有急事来不了，托我代致问候。我到现在都记得她那一刻的眼神，突然就暗了下去，死灰一样。

以后，我就给她写信。开始，是赎罪的心。慢慢地，也就坦然了。因为她，我又去了南京。这时候，你祖父已经知道了我们的恋爱关系。也没有多话，还写了信给南京的亲戚，让我寄宿在他们家里。

后来，我们结了婚。当天晚上，我就将这件事和她说了。她也没有说话，好像原谅了我。

我们结婚第二年，我通过了公费去法国留学的考试。拿到通知书，心里踌躇得很，因为她已经有了身孕。我实在不知道该怎么办，心里痛苦。我借着酒劲儿，跟你祖父说，不去法国，我会死，求你能照顾她。

第二天，我知道你祖父接受了中央大学的聘书。我清楚，那是他最不想去的地方。她已经在中央大学留校，在图书馆做管理员。

去了巴黎半年，有天夜里接到电话。我还记得，是凌晨四点。是个男人的声音，告诉我，吴思阅已经不行了，难产。

我不记得我当时的心情，大概什么心情也没有了吧。我就记得我先坐火车，在意大利的那波利上了船。

我甚至没有等到她的葬礼。我是她的丈夫。

她身边没有离开过的男人，是你的祖父。

在火车站的时候，我什么都不记得了。我只记得，快要上车的时候，我腿下一软，跪在了你祖父面前。

你祖父扶起我，说，男儿膝下有黄金。

在这也几十年了……我再也没有过家庭。不是不想有，是我不配。

陆老先生拿起那张合影，放在膝盖上，阖了眼睛，头也往后仰过去。

这时候，外面的阳光令人目眩，有一道光斑正照射在陆先生的脸上，抖动了一下。那是树的影。

四周围很安静，安静得恰到好处。

我说，陆爷爷。

陆老先生没有应我，只是艰难地抬起头。他将那只相框后面的起钉掰开，从里面抽出一张纸。说，你拿去吧，替你爷爷收着它。

这是一张发黄的信纸，上面是十分娟秀的楷书。印鉴已经暗沉，盖得很用力，渗透到了纸张的背面："不负金陵。"

我走出养老院的时候，远处隐隐地传来爵士乐的声音。这声音老旧而热闹，听得出，是 Louis Armstrong 的 *Hello Dolly*。It's so nice to have you back where you belong.（很高兴你又回到了属于你的地方）是六十年代的兴高采烈。

我拨通了威廉的电话。

威廉的声音有些懒。他说，嗨，小伙子。

我问他在哪里。

他说，我在海边晒太阳。

我说，你不是在 C 大吗？

他开始“嘿嘿”地笑，笑得让我不知所措。威廉说，我大概没对你说过，C 大除了有北美最大的人类学博物馆，还有一个很棒的海滩。

我说，威廉，我有些话要对你说。

他说，那就过来说吧。你整天窝在旧房子里，也应该晒一晒，去去霉湿气。

Broadway（主路），坐上巴士。摇摇晃晃地快要睡着，大约过了二十多分钟，公路两边出现了高耸的树。我打了电话给威廉。他说，快到了，过了 Pacific Spirit Park（太平洋精神公园），就是校区。景致的确和 downtown（市区）不同，多了一些田园味，像是个独立的小镇。终点站就是 C 大，University Loop（大学环站）。这校园是当公园建设的，阔大整齐。沿着 University Blvd（大学大道），建筑与宿舍，有了年纪，但并不显旧。大约因为四周的设施清新，都有些返老还童的意思。说起来也算是十步一景，只是没太多观光的心情。

在 Marine Drive（海滨大道）上坡走了一段。走得有点疲，就跟一个中年人问路。他热情地做了指引，甚至往前带了我几步。临了教授模样的男人和我握手，让我 enjoy（享受）下午的好时光。

这就看到威廉说的去向海滩的入口。几个年轻人正停下单车，他们背着背囊，上面挂着大瓶的蒸馏水。一个亚洲面孔的青年，手里转着一只色彩明艳的沙滩排球，问我要不要加入。我说，我要找我的朋友。他说，等会儿带你的朋友一起来，人多比较好玩儿。

我就跟着他们一起往下走，边聊一些闲话。地势很陡峭，镶了原木的阶梯，掩在密匝匝的树林里。路长而曲折，因为风景好，却并不很沉闷。沿路有一些手工粗豪的木凳，靠背上却雕着精致的图腾和原住民的脸。

海滩渐渐看见了，却是赤灰色，有些发脏。一个镶了鼻环的女孩，欢呼了一下，把背囊向沙滩的方向扔过去。这时候，没有了两旁的浓荫，阳光突然烈起来。我眼前晃了一下，再睁开，看见两个中年人走过来。先生挽着太太的手，是很恩爱的样子。但是，眼前的一幕还是对我造成了打击。他们身无寸缕。太太只戴了一顶粉色的巴拿马草帽，稍显走形的背影，也已被艳阳晒成了粉红色。我一时之间，有些发愣。

这时候，电话响起。威廉先是在那头放纵地笑了好一会儿，然后说，小伙子，别发呆了，我看见你了，往南走。下来，一直往南走。

沙很厚，但是粗粝，很扎脚。我把凉鞋脱下来，拎在手里。沙就滚烫地钻进脚趾缝里去。

横七竖八地摆放着粗大的原木。有一些招展的颜色热烈的布幔，在海风里鼓荡得好像万国旗。

除此之外，景致与大部分的沙滩并没有两样。只是这海滩上大部分的人，全身赤裸着，或卧或站，谈笑自若。

几个孩子斜刺着跑过来，一个两三岁的男孩摇摇晃晃地，撞到我身上。年轻的母亲走过来，抱起孩子，对我说抱歉，声音很甜美。我低着头，这时候有大声的呼喊解救了我：Hey，阿伦，我在这里。

威廉遥遥地朝我挥手，手里举着一只啤酒瓶。我走过去，发现他身边还靠着一个棕色头发的女人。自然，两个人都没有穿任何东西。我一时有些尴尬。我说，威廉，这……这是什么地方。

威廉正在招呼一个小贩。小贩在脖子上挂着一只便携的冰箱，身上却也是一丝不挂。威廉说，伙计，再来瓶啤酒。对，这个牌子。

威廉用牙将啤酒瓶启开，塞到我手里，大声说，Wreck Beach欢迎你。

我突然意识到，这里是朋友说过的天体海滩，只是没想到，深藏在加西的第一学府。

女人戴着墨镜，对我颔首微笑。我没有理由不正视她。威廉将她的手握得紧一点，说，我的女朋友，路易莎。这样介绍你们见面，是不是有点情调特别?

我感到自己笑得有些勉强，说，是，有点特别。

威廉说，不过呢，你在这里不应当太特别。小伙子，学着释放一下自己的身体吧。这是个美好的地方。

别难为你的朋友了。路易莎的声音很好听，是淳厚的女中音。这时候她摘下了墨镜，原来是很温柔的灰色眼睛。她说，这里，穿与不穿都是 optional（随意的）。所谓的自由，就是多了一点选择而已。

威廉笑笑说，阿伦，像《围城》说的，你可以选择“局部真理”。

我说，好吧。我脱了 T-shirt 和牛仔裤，还是留下了底裤。这是一条被香港人称作“孖烟囱”的底裤，式样老土，引起了威廉的嘲笑。我也只有认了。

身后响起口哨声。是刚才同我取径而下的那群年轻男女，这时候已经搭了网，打起了排球。他们正在西方人的好年纪，身体的确都是很美的。况且动静之间，没有一丝造作，浑然天成。

远处有些嘈杂，有个男人慷慨激昂，站在赤裸的人群中。威廉说，总是有人把这里当作演说台。近旁，就有很浑厚的男声，击一下掌，说：No Politics（不谈政治）!

我身边一对老年夫妇。老先生很认真地在给妻子涂太阳油。他们很老了，肌肤松垮，有些颓败。表情并不颓唐，是祥和生动的样子。

这时候，我已经和路易莎淡了许多，由香港说到南京。路易莎谈起了张纯如。她说她曾经见过张，她懂得这女人和这城市间血脉一样的联系。老先生听了，突然停止了动作，对我说，南京是个让人愿意为它付出的城市。他们的第一个孩子生在南京，也死在南京。那真是个令人窒息的年代，但他们印象中，这城市是完好的。

威廉拨弄吉他，唱起了一支歌，是 Sting 的 *Field of Gold*（《金色麦田》）。我们都停止了交谈，静静地听他唱。听着听着，唱到“爱人如西风而动”，路易莎轻轻地和上去。

声音交缠。这时候太阳也收敛了，海风吹过来，将这声音漾到很远的地方。在光线底下，路易莎看得出一些年纪了。她的美，并不是柔美，而是一种健壮坚强的美。她与威廉依偎着，头发与威廉的大胡子融为一体，一时间让我感觉，仿佛是当年的列侬与大野洋子。六十年代的陈旧画面，同样的赤裸依偎。

这时候，我听见威廉清晰地说，阿伦，人不应该背负这么多东西。

我们在一间希腊餐厅吃了晚饭。路易莎先走了，说要去她父母那里。

威廉问我说，愿不愿意陪他去接个人。

我说，好。

在发动引擎的那一刹那，威廉说，我很爱她。

她是我导师的女儿，威廉说，比我大八岁。我愿意为她放弃婚姻，我指的是，他们希望的婚姻。

车在爱德华王道上开了很久，我和威廉都没有再说话。

大约十几分钟后，在灰红相间的民居停下。栅栏后的一条黑狗开始狂吠。威廉下车，拉开木栅门。狗跑过来，他轻轻拍拍它的头，说了一句什么。狗变得很安静，绕着他的膝下兜起了圈子。

这时候房门打开，一个年轻女人出现，身前是个戴着蓝色贝雷帽的小女孩。女孩向威廉跑过来。威廉和年轻女人说了句什么，然后是道别。威廉抱着小女孩，向车走过来。

小女孩在我身旁坐下。威廉帮她取下了帽子，扣上安全带，说，Snow White（白雪公主），乖乖坐好了别动。

女孩很安静，她好奇地张望了我一眼，眼神又躲开去。

我对她笑一笑。这时候，威廉将车灯调得暗了些。我还是看清楚了她的脸。这是个漂亮的孩子，皮肤异乎寻常的白。额角的部分，几乎可以看见蓝色的血管。然而，她的头发与眉毛，也是白色的。头发十分丰盛，雪一样堆积在肩头。

她眯着眼睛，和我对视。短暂的陌生之后，突然也笑了，很甜美。她的瞳仁，是极浅的石青色。

Hey，蒂芙妮，今天乖不乖？威廉边开车，边问。

女孩没有答他，手指开始捻起我背包上的一只登山扣。威廉笑了，说，这孩子喜欢你。她平时是很怕人的。

蒂芙妮，记得爸爸跟你说过阿伦叔叔吗？爸爸在中国的好朋友。

我和这个叫蒂芙妮的孩子同时抬起头。

蒂芙妮轻轻地重复：阿伦……中国。“中国”二字，我听到她用普通话说出来，发音十分标准。

威廉说，宝贝儿，我们邀请阿伦叔叔来家里做客好不好？

蒂芙妮低着头，嘴里还在重复着“阿伦”“中国”两个词。同时手指努力地动作着，似乎想将那只登山扣打开。

我轻轻将登山扣拆松了。蒂芙妮顺利地拉开了它，然后抬起头，眼里闪着光芒，对我笑。笑得很好看，露出两颗小虎牙。

我说，她会说中文？

Hey，蒂芙妮。我们给叔叔表演一段绕口令，你最喜欢的那段。后视镜里看得到威廉的眼睛，里面有一种温柔。

女孩儿坐坐好。神情似乎也严肃起来，开始认真地念起一段绕口令：

扁担长，板凳宽。板凳没有扁担长，扁担没有板凳宽。扁担要绑在板凳上，板凳偏不让扁担绑在板凳上。

她念完了。尽管念得很慢，但是十分清晰。威廉说，阿伦叔叔给我们鼓鼓掌啊。

我于是使劲地拍起了手掌。

然而，女孩并没有停止，再一次念起了这段绕口令。她直视前方，目光冷静，嘴唇柔软地开合。看样子，并不是为了博得更多的掌声。

当她重复到第五遍的时候，我终于轻轻地说，蒂芙妮……

威廉回过头，用眼神制止了我。

蒂芙妮面无表情，将这个扁担与板凳的故事重复下去。我无声地看着她，突然意识到，这孩子像是一架开了马达的机器，无法停止。

车开进一条人烟稀少的窄路。周围变得很安静，这时候，只剩下有些发颤的童音，一遍又一遍地回响。不知为什么，我突然感到心底一阵凉。

蒂芙妮终于累了，声音慢慢变得微弱。她蜷了一下身体，靠在我的膝盖上，睡着了。

“我的女儿。”过了好一会儿，威廉说。

我说，嗯，没听你提起过。

是我和前女友的孩子。威廉的声音很平静。我们分手以后，决定把这个孩子生下来。虽然，生得不是太好，是吗?

我说，你教会她说中文。

嗯。威廉说，会比一般孩子艰难些。但是她说得不错。

蒂芙妮轻轻颤抖了一下，或许是因为做了一个梦。我抚摸了她雪白的头发。

每个星期，我会接她到家里来过周末。我没办法得到孩子的监护权。我和她母亲分手的原因，是她发现了我藏在洗手间水箱里的一包可卡因和针管。

威廉顿一顿，也因为这，我们讨论过要不要生下孩子。

车上了三十三街，前面交通阻塞。问起来，说是一棵枞树倒下，横在了马路上。大概是树龄太老，树干里已经朽蚀得厉害。

威廉倒车，准备改道。嘴里说，这么大的树，最好不要浪费，可以用来做市政厅的圣诞树。

这样到了威廉的居所，天已经很晚。隔着车窗，看到这房子的轮廓，我还是有些吃惊。对一个单身汉来说，这房子大得不合情理。然而，即使在夜色里，还是能看得出颓败来。

蒂芙妮没有醒。威廉抱着她，轻手轻脚地在前面走。我们踩着一地的树叶，沙沙地响。一只猫突然从树丛中钻出来，发出凄厉的一声叫。

威廉打开门，猫也跟着走进来。

屋里是中西合璧的格局。黄花梨的圈椅上摆着中东风的靠垫。壁炉上有一台红木的座钟，这时候“当”地响了一下。还算整齐，只是沙发附近散落了一些报纸，被门外的风吹得卷起了边。威廉把蒂芙妮放在沙发上。又稍微收拾了一下，让我坐下。

这时候，刚才那只猫坐在了报纸上，眼睛愣愣地盯着我。我看出来，这是一只品种很好的暹罗猫，然而毛色杂乱，大概很久没有人打理了。

我说，这是你的猫吗？

威廉远远地探一下头，你说龙宝吗？是我爷爷的老伙计。爷爷过世后，它就不怎么回家了，今天大概是故地重游。

威廉举着一瓶 Ice Wine（冰酒）和两只酒杯，让我招呼自己。然后转身又离开，听得到他在厨房里翻找。

再回来，手里拿着一只鲭鱼罐头。他一边用起子开罐头，一边说，伙计，过期了三天，希望你别嫌弃。

龙宝试探着走过来，闻一闻，并没有嫌弃，一阵狼吞虎咽。

威廉弯着腰，眼睛定定地看它，轻声说，你还知道回来。

他伸出手，想要拍拍它的背。然而，龙宝颤抖了一下，忽然跳开去，跳到沙发靠背上，喉咙里发出可怖的咕噜声。尾巴也竖起来，旗杆一样。

威廉仍然弯着腰，静止着，手也保持着刚才的姿势，眼睛里已黯淡得很。

这样相持了几十秒，龙宝一跃而下，快速地从门口奔跑出去，消失在夜色里。

威廉后退着，慢慢挪到沙发跟前，坐下，是颓然的样子。

这时候，蒂芙妮醒了。

威廉走过去，抱起她，要带她去睡房。女孩儿惺忪着眼睛，但是没有忘记挣扎。她从父亲身上滑下来，走到我身边，蜷起膝盖，望着我。

威廉说，好吧，宝贝儿，那爸爸去忙一会儿。你来陪阿伦叔叔。

威廉从壁炉上拿了一盒跳棋。

我想这还不错。对于哄小孩儿，是需要心得和经验的。

我选了蓝色的棋子，蒂芙妮把红色的棋子一粒一粒地摆在面前的格子里。

威廉走之前，打开了墙角的电唱机。这机器样式老旧，镌着流云一样的图案。唱片转动，发出哧哧的声响，好像年迈的人咳嗽时胸腔里的共鸣。音乐浮现出来，*From the New World*（《自新大陆》），德沃夏克若干年前的怀乡曲。这时候，听起来沉厚持重，也是老迈寂寞的。

我愣着神，低下头。蒂芙妮已经摆好了棋子，老老实实地坐着。雪白的头发，发着浅浅的蓝色光芒。

我说，蒂芙妮，我们开始吧。

然而，我很快发现，蒂芙妮走棋，并没有规则可言。或者说，她的规则，就是跟随。在我走出一步的时候，她就将她的棋子跟在后面。前后左右，亦步亦趋。

当我跳棋的时候，她开始不知所措，好像突然被抛弃了。我只好又挪了一颗棋子到红色棋的边上来。

然后，就是又一轮的亦步亦趋。

这是没有进展的棋局。

然而，蒂芙妮是乐在其中的。她走一步，就看一看我，眼里有光。

不知什么时候，威廉站在身后。

他看看我们，笑一笑，并没有多说话，只是换了一张唱片。

音乐响起。

大段的钢琴独奏，然后出现大提琴与洞箫，沉郁回扬。若隐若现的鼓点，也不是西洋风。几种乐器，此起彼伏、缠绕，魔一样的韵律。

蒂芙妮很安静，没有动作。过了一会儿，她伸出胳膊，说，爸爸。

威廉走过来，弯下腰，抱起蒂芙妮。蒂芙妮的手勾住父亲的脖子。威廉说，宝贝儿，跟叔叔说晚安。

蒂芙妮抿一抿嘴唇，将头埋在父亲的肩头，只看得见一丛银白的头发。

我终于有些好奇，捡起唱片封套。是一个女人的侧影，看不清面目，但轮廓清朗。标题是《木兰》，作曲者是陌生的名字。

威廉说，这孩子，终于肯睡了。

Vivian Lee 是谁？我问。

威廉说，蒂芙妮的妈妈。说起来，这张黑胶唱片算是我们的定情信物，也是她唯一的作品。

我说，是好音乐，她很有天分。

威廉点点头，说，嗯，可惜了。现在在投行里做基金经理，不过，她总觉得可惜的是我。

我说，这张唱片，有没有公开发行过。

威廉笑一下，说，呵呵，没必要让那么多人听到。至少，还可以做蒂芙妮的催眠曲。

好了，阿伦，房间收拾好了，你也去睡。我还没忙完。

我说，这么晚了还要忙。

他说，对了，这个案子差不多做完了，要不你帮我看看。

我有些茫然，我？

跟去了他的书房，发现巨大的 iMac 显示屏上是一只奔跑的恐龙，上面骑着身披铠甲、英姿飒爽的白发女人。

我更加茫然，这，是你的工作？

威廉说，呵呵，我也得有些生计，要不拿什么吃饭。玩了这么多年的电脑游戏，总算派上了用场。设计电玩程序，也算是寓工于乐。

我们开始试玩这个游戏。平心而论，这是很不错的设计。虽不外乎传奇路线，但情节缜密，个性鲜明。快捷键功能多元且强大。大致上是奥德赛式的回乡记架构。主角换成了女人，是一位元朝的公主，身边还有个类似桑丘的小太监。我心里默默地想，做电脑主板的家族企业，出了威廉，算是剑走偏锋，收之桑榆。

到了后来，我们都有些忘记了测试游戏的初衷，打得十分酣畅。一时间，好像回到了十年前，两个青年人，守着一堆翻版电玩软件，在亚美中心的宿舍里虚度时光。

就在这时，游戏在攻陷城堡的部分卡住了。邪恶的蕨类植物蔓延开来，将英雄的公主缠住。公主呆呆地骑在马上，不知所措。主菜单键也失了灵。

威廉叹了口气，有些失神。他摸一摸头，说，差点忘了还没做完。我真是……老夫聊发少年狂。

威廉戴上了一副黑边眼镜，脸孔有些陌生起来。

他对我说，阿伦，你去睡吧。

我走到门口，想起来又问，嘿，主人公的名字，是不是叫蒂芙妮。

威廉转过头，咧开嘴笑了，说，还能是谁？

我躺在床上。这里的夜是很安静的，没有任何声音。大概就是常说的“死寂”。间或有不知名的鸟，仓促地叫了一声，很快又被更浓重的夜色湮没。

因为白天太乏，我很快就睡过去了。

半夜里，听到外面的钟“当”的一声响。因为隔得远，其实很恍惚。远远地，有淡淡的焦香味传过来。

我心里一动，起了身，走出去。

先看到的，是威廉的背影。

条案上燃着两支白色的蜡烛，虽然火焰微弱，仍清晰地看见光晕中的黑相框。照片上是个面目祥和的老人，嘴角有笑意。

像前摆了一只香炉，里面并没有香，插着三根纸烟。

威廉转过头来，看见我，眼睛是红的。

蜡烛也灭了。威廉重新燃上，又从案上拿起一只绿色的盒子，打开，取出一根纸烟，就着烛火点上。又点了另一根，递给我。

兄弟，陪我抽一根。他说。

我接过来。

这烟味道不冲，很醇厚，后劲儿却是有的。烟从鼻腔里游出来，有些凉和辛辣。

我问，这是什么烟。

威廉掸下烟灰，抽了一口，说，三炮台。爷爷年轻时候在天津做生意，爱抽这个。早就停产了。来了加拿大，我们就找烟草商，照老法定制。家里存了太多，爷爷走了，我就烧给他。

我说，威廉……

威廉摆摆手，没让我说下去。

香炉里的烟，已经燃尽了。

我和威廉，没有再说话，只是靠在露台的栏杆上，一支接一支地抽着叫作“三炮台”的香烟。

过了很久，天际有些发白。慢慢地，有浅红色的光亮，在夜色里氤出来。这光在蔓延、铺展，照到我们身上了。

三天后，我启程回香港。

威廉开车送我去机场。

在安检入口，威廉仍然给我一个拥抱。或许觉得不够有力，就又抱了一下。

兄弟，好好保重。他说。

我说，你也是。

已经走进去，威廉又叫了我一声，我回过头。

远远地，威廉做了一个碰拳头的手势。我回了他一个。

他笑一下，点点头，转身离开。

飞机的轰鸣声里，我看见这城市，在我身后退远了。

戊子年秋于香港

代跋 拾岁纪

说起这十年，一时间不知从哪里开首。

姑祖母家的平安夜。我站在天台上，远处是西贡夜色里的一湾海。明暗间是散落水中的岛屿。浅浅的海浪激荡，岛屿便是浮动的船。

院落里灯影阑珊，圣诞树兀自精神。夜已微凉，姑祖父身上盖着厚厚的毯子，坐在藤椅上打瞌睡，家人早就叫他回房。但他不愿，不愿意错过热闹。宁愿做这热闹里的布景，才会甘心。客人早都散了，热闹却还是浓厚地在餐桌上、草地间堆叠。小狗不知倦，将李医生的双胞胎留下的玩具叼着，在院落里巡游。姑祖母还在絮絮地和母亲说话，讲的依然是往事。这夜里，将陈年的事情都释放出来，稀释在这城市的空气里。

我的家族，与这城市无所谓渊源。出现人生的交叠，只在历史的关隘。抗战伊始，祖父从教授任上退下，辗转到此，是因了旧派知识分子的良心。终于匆匆地还是离开，这地方不是久居之地。姑祖父母，留下来了。他们都是浪漫的人，革命的浪漫主义，经历了现实的考验。姑祖父是香港人，追求姑祖母用的是艺术家的爱国心。建国初期，背弃了家庭来到北京，成就了中央歌剧院一段千里姻缘的佳话。然而，终究是单纯真实的人，一九六〇年的时候，双双发落到了东北。这其间的艰难，用音乐与乐观倾轧过去，居然也就水静风停。终于回到故里，站在罗湖桥上，姑祖父泪眼婆娑，向左望去，招展的旗帜仍红得悦目。这是十多年后了。

时光荏苒，四十年也总是留下痕迹，变不了的是姑祖母的乡音。将近半世纪的香港生活，老人家还是地道的老北京的女儿，说起话仍是利落爽脆，讲到兴处，仍是朗声大笑。

旧年我博士毕业，在红磡体育馆举行了典礼。一家人拍了照片，冲印出来。姑祖母看着笑着，终于有些动容。她指着这巨大的建筑说，看，颜色都旧了。我来那会儿，还没它呢。它现在都这么老了。

千禧·劝学

我来到香港，在千禧年的尾声。不算冷的冬日下午，黄昏的光铺张下来，也有些暖意。下了车，走上了一条叫作“高街”的街道。这条街的陈旧出人意表，窄窄地从山道上蜿蜒下来。两边是陡峭的唐楼造成的峡谷，阳光走进来，也被囚禁了声势，成了浅浅的一条线。和南京的阔大街道相比，这条街的逼狭让人有些许的不适。再读了《第二炉香》，发现张爱玲写到这条街，用了一个词“崎岖”，终于有些感叹，张的文字实在是老辣简省。

与高街垂直的阶梯，竟然也是一条街，叫作“兴汉道”。咫尺之遥，分布着几家文具铺和影印店。都是在做学生的生意，竟也十分的兴旺。这兴旺间，暗藏着潜在的竞争。有家叫作“艺美”的，做的是家庭生意。有论文订装的一条龙服务，婆婆管收钱，儿子和儿媳则是劳力。孙子是个戴眼镜的小伙子，还在上学的年纪，负责些零杂的活计。一家人的神情都很勤勉。他们的竞争对手，是个壮年的男子，人称“肥仔”，设备比他们先进些，店堂也整饬些。但都传说他其实是个“无良商人”，所以在港大几年，也并没怎么帮衬过他。这条路的尽头，叫作般咸道。“般咸”是香港的第三任港督 George Bonham 的姓氏。香港的翻译，因为受了粤语的影响，减省而生僻，就如同将 Beckham 译为“碧咸”，Zidane 译成“施丹”，多少有些不着调。这道路是西区半山上的主道，曲折漫长，连接坚道和薄扶林道。坐落了许多的名校，像是“圣保罗书院”等等，环绕了香港大学，几乎带有一些预备役的性质。

港大在这条街的中段，可以看得见校门口的石牌坊，掩映在绿荫里面。和内地高校大门的气派不同，这座老牌的殖民地大学，有些深山藏古寺的意思。底气是内里的，有孙中山、陈寅恪与朱光潜的过往，渊源便也不用多说。

从校门右手的车道上去，便是本部大楼，米色的巴洛克建筑。有的是繁复的回廊与凸起的钟楼。地形不简单，文学院办公室在右手的位置，我去报到的时候，竟无端地绕了一个大圈。正门的地方，是陆佑堂，这是港大的礼堂。后来听过的许多演讲，都在这礼堂里进行。到了学期末的时候，这里便是全校学生 high table（高桌会）的地方。港大的精英教育，落实在细微处。到这一天，少年男女们便严格地要盛装出席，煞有介事。这是一种锻炼，你要克服你天性的羞涩与胆怯，让自己在人群中脱颖而出。所以，这礼堂又兼有 Dancing Hall（舞厅）的功用。不过，晚近它的著名，却是因借它拍了电影《色·戒》，做了王力宏和汤唯演练爱国话剧的布景。这电影在校园里细水长流地挑选群众演员，每每可以看到，几个本校剧团的学生脸上都笑得很欢乐。那时候，我的学位论文正赶得如火如荼，从办公室里出来，疲惫地对他们望一眼，看出他们的欢乐也是加倍的。这礼堂，多少是有些凋落了。堂皇还是堂皇，老旧是骨子里的，一百年的光阴，外面看不太出来，却已蚀进了内心里去。

如此看来，我在这所学校里的五年，便真正是弹指一挥。细数下来，回忆还是不少。大多都是细节，比方校门近旁有一棵树，孤零零地立着，叶子四季都是少的。这是一棵朴树，我记得它，是因为它和我喜欢的歌手，是同一个名字。而挨着研究生堂有一棵繁茂的细叶榕，三人合抱的粗大，后来却被砍掉了。因为它发达的根系，撼动了地基。砍掉以后，如同一张天然的圆桌。又比如，仪礼堂附近，有一丛竹子，上面出没着一条蛇，传说是某个香港名人的魂魄。很多古老的学校都有传说，最盛的是一些鬼故事。港大的此类故事，格调多是凄美优雅的，又有些烟火气，所以并不怕人。其实都是些不相干的事情，偏偏印象很深刻。这些印象，便夹在了教授们的真知灼见与日常的连篇累牍中，被留存了下来。

港大建在山上，这山是太平山。小时候看过一出剧，里面主题歌中有一句“太平山下不太平，乱世风云乱世情”，是因为有港战的背景。我在这山下的岁月，还算是很太平的。香港人有“行山”的传统，太平山上有一条晨运径。曾经晨昏颠倒的时候，也仍然看得见黄昏里头，有些人在山路上或走或跑，跑的多是些外国人，都大汗淋漓的，若是个白种人，肤色便变成浅红色。还有一些菲佣，在山道上遛狗。那狗的毛色便在夕阳里闪成了火红。在山顶上，看到过一头藏獒，并不见凶狠，眼神游离，没什么主张的样子。山顶是好地方，可以眺望到全香港的景致，看得到长江实业、中银大厦和 IFC（国际金融中心），所谓“中环价值”，尽收眼底。没有雾的时候，也可以遥遥地望见青马大桥。山顶上看港大，在盘桓的山道交错间，就好像是岛。

香港是一个岛，这岛上还有喧嚣与速度。港大是这岛上的另一个岛，是真正无车马喧的清静地。这里面的人，便也有了岛民的心态，心无旁骛，适合读书做学问。在经历了一年的热闹之后，也是在这岛上，我无知觉间开始了写作。写过一个年轻大学教授的浮生六记，叫《无岸之河》。后来又写了一篇《物质生活》，大约是那时候的生活写照。写作之外，做得更多的事，似乎是看电影。看电影是写作和作论文间的句读。频繁密集，却似乎又无足轻重。港大图书馆，有很多的影碟。我便一边看，一边为一个报纸写电影专栏。写电影终究不是很过瘾的事。看完了基耶斯洛夫斯基、法斯宾德、大卫·林奇，终于被大岛渚的残酷任性搞坏了胃口，于是用希区柯克的推理片系列做调剂。看完了一部《鸟》，影评写完，意犹未尽，就又动笔写了一篇叫作《谜鸦》的小说。

那以后，写下去，却多是关于自己家乡的城市，南京。

癸未·人事

二〇〇三年，是世界的多事之秋。美国哥伦比亚号航天飞机在着陆前于得克萨斯州上空解体。机组人员共七人，全部罹难。伊拉克危机造就有史以来最大的反战示威活动。第一例SARS（非典型肺炎）病例在越南河内出现，并在全球迅速蔓延。第三次海湾战争爆发。塞尔维亚共和国总理佐兰·金吉奇（Zoran Djindjic）遭到暗杀。美国华盛顿州爆发疯牛症，澳大利亚、中国、巴西和日本等国宣布禁止进口美国牛肉。伊朗发生强烈大地震，三万人死亡，十万多人无家可归，二十多个国家向伊朗派出救援队、给予物资援助。

那一年的春天，我拿到了硕士学位。

一月的时候，第一次应聘了一份工作。是一份 consultant（顾问）的职位，具体负责在港跨国企业管理层的语言培训。

走进中银大厦，将领带紧了紧，信心也充分了些。面试的气氛友好而矜持。印象深刻的是主考的中年韩国男人，说着流利的英文和温婉的普通话，倾听与点头。除此之外，一切都很安静，只有秘书在笔记本电脑记录时飞快的打字声，也是温存的，如同蚕食桑的声响。

这次应聘最后以落败告终。电话打来，依然是完美得体的抱歉，说希望将来与你有合作的机会。在意料之中，一个学位，或许并不比两年的工作经验更加有分量。这是香港的职场，用人唯用。不会有太多的时间给你去历练与磨合。

二月的时候，在深圳的一间港资出版公司就职。

对我而言，这是新的城市，以前只是经过。它代表的只是罗湖口岸，是南京与香港间的某个过渡。

或许，深圳对于香港人而言，远不及此。它终于成为香港人的消费圣地。朋友对我说，这个角色，曾经由泰国来扮演。金融风暴后，泰国一蹶不振。港人改弦易辙，开始亲近祖国最临近的城市。这里在一九七九年的时候，还是荒凉的地方。因为一位老人，踌躇满志地画了一个圈，由此改变了它的命运。

我想我是喜欢它的，大约因为它的新与阔大。这些年在香港，看了太多逼仄而狭长的天空。这城市的阔大是与南京像的，然而，却没有南京的古旧与曲折。历史于南京像是一道符咒，成败一萧何。走在中山大道上，体会了民国子午线的悠长与幽深。法桐叶子将阳光筛在你身上，却也有一丝凉意。这凉意也是许多年积淀来的。深圳不同，轻装上阵。每次上班的时候，车经过笔直的深南大道，两旁是鳞次栉比的高楼。头上的天，却还是辽阔的。没有高大的树，有一种稚嫩，却也是初生牛犊式的。内里却是胆略，无顾忌。所谓“深圳速度”，或许也有代价，便是略微的鲁莽，不太计较错对。

这城市始终是年轻。地王、深交所、华强北商圈，都是年轻的身影。我从没感觉到自己的年轻在一个城市会如此的恰如其分。

我开始了我半年的职业生涯。在最商业的地方做最文化的事情。做故宫藏品系列丛书，与字画、印鉴与碑拓、明清家私打交道。工作的过程，倒是心里很沉静。同事们，则都是艺术的人。因为做的是出版行，没有很多浮华气。出版总监是昔日一个著名文学杂志的编辑。说起她当年对阿城的欣赏，真诚仍溢于言表。说到阿城文字的好，至今还记得她援引的《峡谷》中的例子，说那马是“直”着腿走来。当时编辑部的人，都说这“直”用得颇为蹊跷，不是正常马的所为。唯独她力排众议，留下了这点文成金的一字。我短暂的出版生涯，因为这总监的提护，增长了许多的见识。现在想来，是心存感念的。郝明义的理念与吕敬人的设计，也都是那个时候深入我心。多年后，当我自己出版书籍的时候，与编辑间沟通的无阻，也正是靠了那个时候的积累。

四月二日那天，天气晴好。大巴上人头涌动。突然有个女人的声音尖利地响起，然后是她对同伴说，张国荣死了。似乎有很多双眼睛向一处聚焦过来。这时候，WHO（世界卫生组织）已经发动了 SARS 全球警报。所以这些眼睛的下方，都有一个口罩，掩藏着讶异的神情。女人的伙伴愣了一下，她的口罩上印着一张微笑的丰润的唇。这便是无所不在的商业创意，让 SARS 的阴影薄弱了一些。然而，这时候却变得不合时宜。她声音虚弱地说，开什么玩笑，愚人节是昨天。所有的人都如释重负，同时有些谴责地看着制造谣言的女人。女人将报纸递给了同伴，说，是，真的。我在这同伴身后看得很清楚，报纸标题浓重，“歌星张国荣于香港文华东方酒店跳楼自杀身亡”。很快，电台印证了这个消息。有人间歇开始抽泣。

“哥哥”对于很多人来说，大约是时代的专属名词。他的歌、电影、演唱会，他的隐退，他的情事都潜移默化于许多人的生长。当他终于老去，便以最彻底的方式演绎了浮生若梦。只是，在这身影坍塌之后，所有人等不到了风再起时。

张国荣的故去，与年底另一个巨星的陨落遥相呼应。她是梅艳芳。许多人都记得他们共同写下香港电影的一则传奇《胭脂扣》。曾经风华绝代的十二少，耄耋老境下，与天人两隔的如花重逢，是悲哀，却非悲情。几乎在这惨淡的年里成为谶语。

乙酉·驿旅

这一年年头。在朋友的怂恿下测过一个卦，然后算出的结果，我是“鲲”命。“鲲化为鹏”是要远走的。命里主水，又驿马星动，所以，年内会要去有水的地方。

回想起在温哥华的那一段。七月的阳光并不炽烈。因为J哥夫妇的缘故，没有很多旅人的感觉。大约因为他们人太好，对我有如兄嫂。而又都是顾家的中国人，所以与他们相处的时光，竟无时没有家庭的感觉。叮咛是足够的，于生活的细节，又是贴心到了令我对一向的疏忽感到惭愧的程度。

他们都是北京人，来加拿大前，J哥是一个官办报纸的摄影记者。未到四十岁的年纪，头发已经半白。但眼睛里却有很多的童真。他给我看他以往拍的照片。拍摄的对象，多是名动一时的，却又都是心地单纯的人。所以，在他的镜头里，可以看到的是杨宪益的羞涩、钱锺书的爽朗、James A. Mirrlees① 如同孩童一样的笑容。在异国定居后，他是个自由职业的摄影师。这是工作，也是兴趣。拍得更多的是平凡人。家庭的细节、婚礼的瞬间、社团巡回游行的旗帜，更多是孩子，各种各样的脸，精灵的、欢乐的、哀伤的，都是真实的。也有一张黑白的照片，放在他的个人网站的显著的位置。是个神情宁静的青年女子，有着饱满的额头和丰盛的卷发。那是他的太太，辉姐。

辉姐是伦敦大学政经学院的工商管理硕士。毕业以后与夫君移居加拿大，做了全职太太。见到她的时候，她刚刚读完了一个西点制作培训课程，所以在以后的每个清晨里，我可以不重样地饱口福。辉姐虽是商科出身，却是艺术家的性情，做事要完美的那种。会在大早的时候，开车去很远的市场，购买材料，只为了曲奇饼上的蓝莓保持新鲜水透。下午的时候，家里便洋溢着全麦面包的香气。辉姐神态安静地搅拌干酪，一边和我谈她对小说的见解。都是日常的，并非文学的观念，内里却

---

① James A Mirrlees，即詹姆斯·莫里斯，激励理论的奠基者，在信息经济学理论领域做出了重大贡献，1996 年获诺贝尔经济学奖。——编者注

有很地道的真知灼见，让人叹然。

这两夫妇千禧年移居海外，也经过艰苦的岁月。如今买下了 Watling Street（华特灵大道）这处临街的房子，窗外种满了冬青与绣球花，将它布置成想要的样子。周末的时候，请了印度裔的工人上门，在后院搭建凉台。有个工人很年轻，在加拿大是木工的世家出身。小伙子萨米其实在 UBC（不列颠哥伦比亚大学）学建筑，却对祖业也很有兴趣，所以放假出来打暑期工。虽是暑期工，做事却是专业的态度。穿着背心和耐磨的工装裤，戴着耳机，是心不在焉的打扮，动作却是实在的一板一眼。J 哥与我也在旁边帮手，两天下来，已经完工。辉姐烤了猫舌饼，同请了萨米喝下午茶。午后的阳光照在草坪新生的嫩芽上，彼此都觉得是难得的好时光。萨米说他的家人、女友，说他们的老家旁遮普省。这城市的印度人大多来自这个省份。温哥华的支柱产业是旅游饮食业和木材加工。前者是华人的擅长，后者则是印度人展身手的行业。在东区与华人两分天下，简直蔚为大观。

走在伯那比的街道上，可以时时听到普通话。就连大巴上的白人司机也会用俏皮的口气说上一两句广东话，“唔该”什么的。煤气镇上的中国城，什么地道的中国食物都吃得到，所以，几乎没有异乡之感。我自己一个人跑去 UBC 查找研究资料，顺便看看人类学博物馆。路途遥远，觉得沿途的景致几乎代表了种族文化的嬗变。如此井然成群，难怪温哥华被称为“街坊城市”。当然，也并非所有的景致都赏心悦目。在靠近市中心的 Carnegie Centre 区，看得见一些眼神散乱的人，在与你擦肩而过的时候，甚至涕泪交流。这是一些吸毒者。政府出于安定的初衷与好心，以合法的途径，联邦毒品法令的豁免，为这些人设置了“毒品注射屋”（Insite），以解决他们的一时之需。但是，却同时激起了反对的声音，认为这是某种“农夫与蛇”的善意，变相造成了姑息。

UBC 很美，因为临海，还有清澈的阳光。这间老牌的名校，并没有一丝老气。年轻小伙子们踏着滑板上课，教授看见了也是远远地吹一声口哨。

八月的时候，走访了加东另一所大学。多伦多大学，也临水，却是五大湖区。多大与 UBC 相比，多少是带着古意的。维多利亚风格的建筑上布满了爬山虎，令我想起母校南大北大楼的景观。校园临近 Queen's Park（皇后公园），在闹市里是一处宁静幽深的地方。有鸽和松鼠，都并不怕人。旁边有安大略皇家博物馆。除了大英博物馆的远东馆以外，这里的亚洲藏品，算是极丰富的。看到一尊隋唐木造像，面目和平，造型温润细腻，就小节来看，亦是上品。在这间展馆，也幸会了南加州大学的教授查尔斯。查教授对东方艺术素具好感，于雕塑与壁画尤有研究，曾只身去云岗与敦煌游历。说起敦煌艺术的精绝与损坏的惨烈，颇为怅惋。他说，人都是太想占有，其实观赏也是拥有。他用了 cherish（珍爱）这个词，是很诚恳的表达。说到雕塑，我向他提及亨利·摩尔。在现代艺术里，他的作品是我的大爱。他便兴奋地对我说，那么他一定要陪同我去 AGO，也就是安大略美术馆。那里馆藏的摩尔的作品，是最值得称道的。我一时有些惊异，一边觉得太巧，一边又有些怪自己没做好功课。接受了查教授的盛情，我们乘地铁到 St. Patrick 站，沿 Dundas St. 往西走。没什么悬念，门口的青铜雕塑一眼看去便是摩尔的风格。其实，这馆里也藏有马蒂斯、安迪·沃霍尔、乔瓦尼、林布兰的作品，甚至也有数幅梵·高和毕加索等的名作。但或许是摩尔在这里声名太盛，其他却都少人提及了。

离开了多伦多，历经京士顿、渥太华和法语区的魁北克，在蒙特利尔的下城，有一些奇遇。也因此结识了来自洛杉矶的 Aunty Ann，新加坡的 May 和 Andy。或许华人本身有着某种本原的亲近，萍水相逢成了十分好的朋友。经验与差异，都成了互补与可兹回味的东西。临别的前一晚，在一间叫 Paris Grill 的餐厅。我们饮杯之下，都有些不舍。几年后，Andy 与 May 发来结婚照。Aunty Ann 带了年近八十的母亲来香港寻根。又几年后，我接到了来自 Ann 从美国打来的电话，她听到我的声音，舒了口气。然后问起内地震灾的事情，说不知道南京会不会有事。她希望主会保佑我的家庭。都是非常朴素的话，却让我热泪盈眶。

戊子·水起

我生长的城市，的确有大水所现，是长江。不过我们家住在市中心，看不到。后来读大学时候，分部在江北。每个星期乘巴士往返，总要经过长江大桥。这桥下，自然就是滚滚的江水，姜黄色的。有些船只游弋来往。初见心里很有些澎湃，为了每个星期都能将这江水看一看，不辞长做江北人。见多了，也有些倦。有雾的时候，水天便都是朦胧胧的一片，连桥头堡上的工农兵雕塑，都只剩下一个轮廓，这时候情绪也变得空落落了。

其实，南京还有另一条河。因为在城里，和南京人日见夜见，水静风停。因为历史，又因有一些浮靡的风雅，这河其实与人们更亲近些，关乎它的日常与闺秀气。昔日有人论苏学士和柳永的词，说是关东大汉和十七八女郎之别。长江若与这条河一比，也同样适用。后者让人爱，却是起不了敬畏心的。有朱姓和俞姓的老派文人，做过同题作文《桨声灯影里的秦淮河》。外人读了都是极向往。灯影和歌娘，好像都是大半个世纪前的风致，如今在这河上又复兴了。上一次回家，路过这条河，看见又多了许多的花船。穿红着绿的本地人，载着金发碧眼的国际友人，神色都是怡然的。水是清澈得多了。九十年代初，河道污染得成了这城市的公愤。如今干净了，回来了。回不来的，是有关这河的记忆。小时候，元宵节的灯会，河岸上奇芳阁的清真点心。奇芳阁还在，却如同别家的老字号，经营得举步维艰。将楼下，也已经租给麦当劳了。

来到香港，还有水，这回却咸下去，是海水。本地的朋友要带我去看的，先就是维港。其实不像海，窄窄的一湾，水声却不小。当日有阔大的邮轮施施然地开过来，不记得是不是双子星号，在这水里是大而无当。那时候，IFC 还没建起来，从尖沙咀望过去，中环的景物则有些似是而非，一错眼，倒觉得是站在外滩上看浦东。可隔着的，究竟是海。

海和海，自然是不一样的。旧年的国际作家工作坊，主题是海洋文学，来了七八位访问作家。其中两个中文作家。一位是内地的邓刚，一位是台湾的廖鸿基，都是写海写得极好的前辈。邓刚是山东大汉，魁梧的身形，声音也雄壮。写的海也汹涌得很，是人要搏斗的对象，关乎生存的所在。人叫“海碰子”。在这铿锵碰撞中，人也愈发坚强起来。廖鸿基也写海，海也是辽阔的，却是浪漫的背景。廖老师斯斯文文，是自称“海神信使”的讨海人，半生致力于鲸豚的生态调查与保护工作。他给我们看了许多照片，都是他拍的海。墨蓝深幽，是奇幻的色彩。又播了一张 CD，有苍凉遥远的动物叫声。廖老师温柔一笑，说，是鲸鱼的情歌。

在这城市生活了很多年，对这里的海，终于也有了感情。

这感情，是渗透积聚起的，如同涨潮时的海水，慢慢蔓延到岸上，一点一点地，当你突然发现漫上了你的脚背，已过去许多时日，是无知觉后的猛醒。除去初到香港时的浮光掠影，这积聚大约由西环开始，与寂寞与思乡相关。有一段时间，住在山道上，夜里无法安睡。索性就起身出门，沿着水街往下走，一直走到山下有灯光的地方，是西区运动场。在那里认识了一群朋友，其中一个，还带了他的狗，是一条鲍马龙史蒂夫。这些朋友凌晨收工，就到这里打打篮球，热闹地聊聊天。性情都是欢乐的调子。他们和我交谈，用或好或坏的普通话，间或教我几句广东话。有人突然揭露其中某句俗语是粗口，要教坏后生仔。被谴责的人便激烈地笑，掩饰自己的不过意。那狗也是欢快的，自己一个，兀自围绕球场奔跑，转圈，追逐滚动的球，是自得其乐。后来，我写成了一篇小说，纪念这短暂的交情。被圈住的运动场外，便是海。这海在夜色中泛起凛凛的光，被铁丝网分割成了光斑。远处望过去，有一些浮航与机船的影。附近是一个码头，也是这些朋友做工的地方。后来我白天去看过，整齐地排列着橘色和蓝色的集装箱。近旁堆栈了轮胎与汽油桶。颜色暗淡的小轮上，伸出左右摆动的铁吊。“哐”的一声，是货物沉重的下落。临岸的海，颜色也是暗淡的，有浅浅的机油的缤纷痕迹，闪烁不定。悠远的汽笛响起，这海水便波动一下，呼应了航船的离去与归来。这是劳动的海。

乘坐天星小轮，往返维港两岸，渐成熟悉的经历。在香港开埠的时候，这港曾经是广阔的，填海取地改变了天然的海岸线，造就了港内的风浪。七十年代的时候，筲箕湾的码头，还会有人在岸边游泳。如今的水质与激流，已令人却步。维港的美色，已无关海港本身。

还可说的，是香港的岛屿。不知道从哪一天，开始热衷于对离岛的探访。岛如同海水的坐标，香港外围的岛屿，竟然有二百六十多个。而成为规模的，在地图上看得见南至西南的离岛区，有二十多个岛。除了新机场所在的大屿山，最著名的约莫是南丫岛。这是香港的第三大岛，以前叫作“博寮洲”。因为形状像汉字的“丫”字，就改了这么个土名字。南丫岛其实一点也不土，几乎称得上是个小欧洲，有“鬼佬天堂”之称。一九九〇年，香港电灯有限公司在岛西北菠萝咀填海建立南丫发电厂，外籍的工程师聚居榕树湾一带，改了区内的风水。渐渐出现了西式茶座、餐厅，却也掺杂了中国的风情。这岛并不怎么纯粹了，中国人多半是老的。早在七十年代的时候，很多年轻岛民已搬到香港谋生，南丫岛遵循着现代乡土发展的规律，留守了年长的一辈。当年出来的年轻人，最有名的大约就是周润发。这样的人，长洲也出了一个，滑浪风帆之后李丽珊。她为香港拿了奥运金牌，是久前的事。后来却因为一部《麦兜故事》，名及两岸，几乎成了香港精神的代名词。平心而论，我是更喜欢长洲的。大约因为那里的具体而微，是个小镇成一统的感觉。有自己的消防局、警署和医院，这些似乎全都缩减了一号。一个面色黧黑的巡警开着摩托车，从你身边擦身而过。十几分钟后，驻足在海鲜摊抬头看风干的气鼓鱼，他的身影又映照在鱼缸的玻璃上，因为已经环岛绕了一圈。来长洲，自然是要吃海鲜的。这里的海鲜，号称“一口价”，味道大同小异，大多是椒盐濑尿虾、蒜茸扇贝和避风港炒蟹。这些铺头，主要开在海傍路上。大新街有间叫“阿信”的，我们帮衬过，很不错。老板是和善的人，岛上的原住民。据说以前在酒店做过主厨，现在是解甲归田，回到无车马喧的故土。他拿手的是一道“蒜香美国蚝”，见功力的菜式，黄灿灿的，味道十分鲜甜。这岛上除了海鲜，吃的口味可称之繁杂，日本菜、意大利菜、马来菜，不一而足。也有老字号，是四十多年历史的“张记鱼蛋粉面”，试过一回，名不虚传。另有一间甜品店，在大兴堤路上，名曰“天然”，招牌是“雪冻豆腐花”，“雪冻”即朱古力包着云尼拿雪糕，口感松软，却十分有咬头。

越过人多的地方，经北帝庙不远，便能看见大片的海。东湾海滩，海非常好，称得上水清沙幼。周围零落地散着一些度假屋。设施都很简陋，其中有处叫“东堤小筑”的，生意尤为清淡，却很著名。原因是历来有闹鬼的传说，神乎其神。曾经和不信邪的朋友约在这儿打牌，大中午的，房间里直有阴森之感，听得见天花板上有寥落的人声。终于在黄昏前离开了。鬼说到底，于这世界上，其实是许多无奈情绪的集合。后来写了篇小说《龙舟》，说的便是一只无奈的鬼。

这岛上最著名的鬼魂，叫作“张保仔”，是清朝嘉庆年间的一个海盗，势力很大。据说也落魄过，被朝廷赶得东躲西藏，最后躲到长洲西湾崖边的一个山洞里来了。也就成就了本地的一个景点，叫作“张保仔洞”，传言也是他藏匿宝藏的地方。这洞我看过，甚至还进去过。极其逼狭，张姓海盗应该是个短小的身形。洞内光线很暗，便有个年轻人，在洞口租借手电筒，也是生财有道。

岛上一年一度的盛事，叫作“太平清醮”。所谓“醮”，是道教一个传统仪式，也是民间风俗。用意是酬谢神恩、祈求国泰民安，又以从事渔农的人最为看重。“醮”是有功能性的，庆祝寺庙或其他建筑物落成的“庆成醮”；祭拜瘟神的叫“瘟醮”；也有为神明祝寿的“神诞醮”和佛教盂兰盆会合而为一的“中元醮”。香港打醮大多以太平清醮为名，时间在每年的农历四月。三天醮期，全岛戒杀禁荤，岛上居民及游客一同茹素吃斋，就连麦当劳也只有素包供应。打醮时，有一个风俗，叫作“抢包山”，所以，长洲的“太平清醮”也叫“包山节”。我去看过一回，真是满目琳琅，以“飘色”巡游为盛，大多是模仿历史人物，又或者是取材于戏文。可竟也有与时俱进的元素，看得见社会名流，甚至政坛人物的身影。那回就有“乒乓孖宝”现身，还有当年成为政治热点的两位阿太——叶刘淑仪与陈方安生，“阿姐”汪明荃作为香港两会代表而受瞩目。虽是传统的节目，却看得到港人近来的热衷。

“抢包山”是“太平清醮”节目的压轴，也是高潮。这传统可谓源远流长，在十八世纪的清朝，就已经有了。包山有三座，用竹条建起支架，在会场道坛旁竖立起来。山上有密密麻麻的包子，这包子是被道士做过法的。这些被祝福的包子叫作“平安包”。所以“抢包”的时候，谁摘得越多，福气就越大。

不过，大约在七十年代末，有一次“太平清醮”，参加“抢包”的勇士可谈不上有福气。兴许是人太多，那一次，一座包山不胜重荷塌了下来，将近三十个人受了伤。香港政府出于安全的考虑，禁止了这项传统活动。一禁便是二十六年。

重新恢复的时候，已年过千禧。我看到的那次，包山已经做了很多大的改良，面目整齐庄严，用钢筋做了内部的支撑。包山上的包子也控制了数量，每座上有六千个。且都是塑料制成的假包子，据说是为了环保。抢包的人呢，在比赛前还要接受香港攀山总会的训练。整个过程，热闹还是热闹，激烈还是激烈，可总感觉少了点什么。

长洲这样的岛，是人味儿很重的。香港更多的岛是一些偏远的，散落在海里头，终年也有些寂寞。我去过最远的，叫东平洲。在香港的最东北的大鹏湾。在岛上的时候，手机突然接到了内地的信号。原来已经靠深圳很近，对面便是大鹏半岛了，只是中间隔了一道海水。

己丑·室家

现在住的地方，若用地产中介的口气，便说是“旺中带静”的。这街的形状，是一个长长的弧形，好像一枚新月。街道两边是一些有了年岁的楼宇。静的确是静的，其实闹市并不远。因为这街的形状，自成一统，便涤清了外界的许多声响。或许也是因为老旧，最初并不打算长居。因为家中曾经的变故，租住这里，是为了能在中午赶回家来，陪母亲吃饭。后来竟就住了下来，一住就是几年。一则是因为房东人实在很好。房东叶老先生，是上海人。据说当年出租的时候，他有自己的挑剔，但因为听说我是南京来的，引为老乡，竟然很爽快地答应下来。叶先生是五十年代来港创业的工厂主，时当壮年，现在说广东话也还带了浓浓的乡音。当时香港的大环境和后来的经济起飞尚有距离，所以，艰苦的日子也是经过了的。第一次的置业，便是在这里买下了几个单位。自己住过红磡、湾仔。老了，就搬回了这里。大约也是好静，又见得到老街坊吧。叶先生喜烹饪，兴起，会烧一些地道的本帮菜，送过来给我分享。又喜欢京剧，有很多的京戏的影碟。有时候听得见隔壁的声响，最多的是《法门寺》。这出我不陌生。大约因为外公也喜欢。有一次他还特来邀我和他一起听。是一出《空城计》。他说他其实最喜欢的，是马连良和周信芳。谈起来，竟也知道年轻得多的于魁智。便又感叹，他来香港的时候，于还未出生呢，现在居然就在大陆当红了。说完后，自己去了里屋翻了半天，翻出一把京胡，沾满了尘土。他一面擦灰，一面说这京胡跟他来了香港，也老了。原先弦是上好的马鬃，断了，在这里竟再也配不上。现在勉勉强强装上了钢丝，只有凑合地听了。说完就拉起一曲《大登殿》，声音有些尖利，但力道却是足的。在这咿咿呀呀里，窗外暮色也低沉下去。我便有些爱这条街了。

回忆起来，在香港也迁居了多次。早前在港岛的西区，第一个住处，在山道上，四周的风物似乎是让人喜爱的。早上推开窗子，遥遥地能北望到海和浓重的晨雾。下了楼，看得见有许多弯折的小道。傍晚的时候，和缓的风也是山上来的。夕阳的光线从法国梧桐的叶子里筛下来，落到地上是星星点点。间或又吹下一两朵洋紫荆或者合欢，便是这光斑中的一两点锦簇。景全是小景，因和日常相关，也更入眼入心。

这些小道，都不起眼，其实是西区的血脉，内在有严整的秩序。街边琳琅的小铺，都是因地制宜，见缝插针。名号却时常分外地大，比方说“贝多芬琴行”“刘海粟画院”，通常却不过十米见方，大约也是香港寸土寸金的明证。

靠着正街，是很陡峭的一条街，从般咸道落下，站在上方，目光直上直下，可一直通向德辅道。整条街都是石板铺筑的阶梯，密集地下落，几乎有点壮观的意思。这里是很多香港电影取景的地方。我常去的是靠近山脚下的一爿旧书店，叫作“平记”。终年是一盏泛了蓝的日光灯，瓦数很小，并且闪烁不定。倚墙摆了几个通天大书架，生铁或是木的，里面有很多漫画，因为有些是限量版，待价而沽。香港有数不清的漫画收藏迷，真的有肯为一本七十年代出版的《龙虎门》出上好几旧水的（香港白话称一百元港币为“一旧水”）。这个书店却专有一个中文书架，间歇让人有意想不到的收获。在这书架上，我淘到过天地初版钟晓阳的《流年》、联文版的《喜福会》、王瑶先生的《中国新文学史稿》，甚至有一本五十年代出版的丰子恺《绘画鲁迅小说》，品相十分的好。后来这间店，大约也关了门。

山脚的德辅道是电车道。这也算是香港的一道景致，一九〇四年开通迄今，也竟有一百多年了，缓缓来往于港岛北的坚尼地城与筲箕湾，还在做着实际的用途。这车在香港人的口中又叫作“叮叮”，是它行动时的声响。响起来，大约就是张爱玲说的“市声”。可电车声在上海却是听不见了。这车是谈不上效率的，所以车上除了观光客，便是些师奶与孩童，一律都是怡然的神情。沿着海，“叮叮当当”地驶过上环，再进入中环、金钟。“中环速度”也便在这声音里不情不愿地慢下来了。搭乘这车，会闻见浓郁的海味，这是海产街上的气味，来自鱼翅、海参、花胶与其他干货。绕过梅芳街上了荷里活道，便有了另一番天地。

这条道路 Hollywood Road（荷里活道）的起源，是因早年种植在路旁的冬青树名，又有一说 holly 其实是一种榕树。无论如何，也是早于美国“荷里活”的产生。曾经陪一个朋友，是王家卫的粉丝，专程来这里朝拜《重庆森林》里梁朝伟的住处。只是行人电梯附近很普通的中式唐楼。朋友不免失望，说相见不如怀念。这条街的声名，其实叫作古董街。错落着几十间极小的铺头。风格则一律是清幽的，又有烟火气，有点像南京的朝天宫，又整饬一些。没事的时候，我倒喜欢在这里逛一逛。东西多半是 Chineseness，中国风，浓到化不开的。卷轴、陶瓷、漆器，都老旧得很。曾经看到一只紫檀木的明式小圈椅，手掌大小，细节入微，让人爱不忍释，价格亦甚为可观。倒是友人新婚，在这里买了两只葫芦，说是放在房间里做辟邪之用。葫芦上烙着一个人形，问起来，说是龙门派的王常月。这一派由邱处机所创，后来式微，到了王再复兴，已隔了几个世纪。若论避邪的功力，恐怕也减去几成了。

年轻的也是有的，但依然是老调子。在这街道的拐角处，坐落着一间“住好啲”（G.O.D）。本土设计师杨志超造出了生活的又一重海市蜃楼。老旧的印花布底裤，六十年代的铁皮水壶，发黄新闻纸图案的布艺躺椅，让人恍若隔世，却是二十一世纪新新人类的心头好。拐角里摆着本土的艺术杂志和《诚品好读》。每次去，总要翻上一翻。也就忍不住买上一两件东西，因为它们摆在那里恰如其分得如此悦目。但买回去，回到自己的住处，却成了零余品。别看这表面灰厚的风格，却有着锋利的构思。这间家用品店被警方前后检控过两次，一次是二〇〇四年时推出“Delay no more”字样的产品，因为和粤语的粗口谐音，犯了众怒。一次是二〇〇七年，因为检获印有“拾肆 K”字样的衬衣及明信片，涉嫌有关三合会社团 14K，是成心要和社会不和谐。

和谐的也是有的。到了中环皇后大道中，几间老字号，各据一方，各安其是。士丹利街的陆羽茶室，黑色的老吊扇，仍然缓慢地旋转，将时间转慢了，将香港人的心也转慢了。咬上一口蚧黄灌汤饺，喝上一口普洱，便不知归去。世人都说神仙好，唯有“莲香”忘不了。慕名来的，先都失望，都说破落，待吃上一口贵妃鸡，便都说来对了。来对了，便再要来，却见它越发破落了。再看威灵顿街上，“镛记”的排场是大的。朋友来香港，点名要吃这一家。例牌是烧鹅，好吃的却是顺德三宝，清水牛腩。

这里靠德己立街已经很近了，窄窄的一条弯道，就进了兰桂坊。于我而言，这实在是个应景的地方，如果不是新年倒数，如果不是郁闷太甚，平日对汹涌的人潮避之不及。鬼佬、中产、猫三狗四，出出没没。倒是也有好地方。有一间极安静的酒吧叫 Milk。或许也是生意不好，居然在热闹里渗出清冷来。一个面目严肃的菲律宾歌手唱着 *Love me tender*（《温柔地爱我》）。歌声也是清冷的。

后来，终于从山道上搬了，搬进了规整的校园区。忙于研究与论文，这些地方便也很少去。去得少了，心思便也淡了。后来就像是没了瘾。先是在研究生堂住，前见海，后见山，是极其好的清静地。在这里，我开始写我的长篇小说《朱雀》，也是恰逢其时。此后搬到叫作 STARR 的校舍。楼层住得很高，也面海，竟可以看到驻港部队的空军演习。对面是何东夫人堂，男学生经常情不自禁地望过去，是间女生舍堂。我看到时，早已翻了新。旧时的格局是可笑的贵族风，房内两张床，一张是女学生的，一张是给随行的女佣。后来终究要拆，拆之前也依恋。张婉婷便说，那好，我来拍一出戏，便是《玻璃之城》。都说舒淇将港大女生演绎得惟妙惟肖。败笔是黎明，港大的男孩子，可没有这样老实头的。

这些男孩子们，精力都旺盛得很。平日再跋扈的，却也要做舍堂文化的螺丝钉。半夜里，听到敲门声。然后是怯怯的声音，央你喝一口他们煲的“楼汤”。你喝了一碗，便欣喜得连声道谢，反让我不好意思。我是这层里唯一的研究生，是受礼遇的。不受约束的还有一个是非裔交流学者，据说来自剑桥。还保留着乡风，最喜裸着身体穿过走廊，走进洗澡间。边洗澡边大声地歌唱，唱的也是乡音乡调。浪里黑条，有哗哗的水声，若是和上非洲鼓，便是现场的民俗风情秀。听多了，便不再意外。后来他走了，整个楼层，便无可挽回地寂寥下来。

再后来，也曾在东区的海滨小住。姑祖父母因为身体的缘故，搬去了空气清新的西贡。所以看到的海，多半是那里的。时常带了小狗 Bobby 去游水，它爱海水的程度，简直如同半尾鱼。

黄昏时候，市区中心的海岸，看得见依岸而泊的小艇。艇上是各色刚刚捕捞上来的海鲜。海蜊、生蚝、象拔蚌和红杉鱼，都整整齐齐地搁在桶里。船娘卷起裤管站在船上，微笑地看着你，等着你挑拣，脸上是海水在余晖照耀下的光影。远处海天一色，交汇处有火红燃烧的云在流动，很美。

大约有家的感觉的，还是现在的住处。和日常相关，每天下了班，回来了，便是这个地方，仿佛一个若有若无的盼头。然而去年的时候，叶老先生去世了。高寿九十二，隔壁的单元，便空了许久。过年的时候，搬进来两个年轻人，据说是先生的侄孙夫妇。面貌都很和气。男的戴着眼镜，斯文地笑。女的干练些，搬家的时候，似乎独当一面。二人形容勤勉简洁，是典型的香港人的样子。周末的清晨，隐约响起的是容祖儿和郑秀文的歌声。京胡和《法门寺》的唱段，是再也听不见了。

庚寅年于香港

附录

命若琴弦

张瑞芬/文学教授，台湾资深评论家

接到出版社寄来葛亮《七声》排印稿的午后，才埋头读了几页，不由得把手边正做的事丢一边去，直到发现腰酸得直不起来，窗外已黑遍了。我不知身在何处，也说不出这样一气读完整部作品的具体感觉。当下只觉还有人比我更幸运的，那就是更早读到这书的编辑。

台湾读者看大陆小说，一直以来，除了一种时地隔阂的新鲜感，两地心态与语言的差异无疑也是刺激阅读的因素之一。从八〇年代的张贤亮、莫言、王安忆、韩少功、阿城，一路到九〇年代的残雪、刘索拉或张辛欣，近年固然李锐、阎连科、曹乃谦都在台湾书市大放异彩，像贾平凹《秦腔》、余华《兄弟》那样令人感到疲累的长篇，也不是没有。葛亮的故事里没有历史的笨重感，也没有走火入魔的实验手法，他以一条清亮嗓音，三十岁不到的年龄，另辟蹊径，重新回归说故事的趣味。他的语言，干净洗炼，节奏迅疾，有三月阳春的飒爽与清奇，冬雪落在地上般鲜明的印子，带领着读者步步寻向不可知的径外人世。早在写性爱人生的《谜鸦》里，他就展露了这样的绝佳天分，到了这本类自传的小说《七声》，葛亮鼓点频催，流畅依然。故事环绕着成分良好、背景优越的男主角毛果，数则人物记事，像穿珠一般的串起边缘人、世间事，可分立也可合观的数段人生。以孩童至少年毛果为视角，回忆往事故人，少了《谜鸦》的酷样与老成，《七声》寓热情于冷笔，各篇紧凑相接，比起《谜鸦》来，无疑进境显明，技巧愈隐，余味更厚。

葛亮《七声》，除首篇《琴瑟》写外祖父母外，全书皆以主角人物姓名为篇题。耐人寻味的是，愈是不起眼的人物，葛亮愈发写得血肉丰盈，有棱有角。脸上倔强，面容不屈，见不平即愤然仗义的女工阿霞；拄杖佝偻的邻居阿婆，向毛果母亲一句“小孩不能没有小孩样儿”“羊圈里圈不出赤兔驹”，解救了被强押做功课的孩童。葛亮的人物塑造由于语言鲜明自然，情节描摹深刻，就有这种出神入化之境。

以葛亮的两本小说相较，《谜鸦》比较自觉地当小说来经营，写人性与爱恨的惊涛骇浪，结构与段落上非常节制。《七声》则没有真正的大时代或大背景，仅仅是断瓦残垣中的寻常忆念，因此身段柔软得多，文字也多了家常絮叨的亲切感。故事中的主角毛果，是个斯文秀气的孩子，随大学教授与高级工程师的父母住机关大院里，读的是重点学校（新世代的“知青”造型）。围墙外草莽依旧，邻家阿婆唤他“阿毛头”，大伙儿采桑养蚕，“打青”蒸青团吃。毛果在文明与洪荒间奇异地领受着人间的差等，不能抗拒的是终将与友伴走上截然不同道路的命运。人生如一席破败棉絮，难堪、意外、挫败，外加意念与宿命，最终都不免于沦落到人生的底层，以悲剧作收。葛亮写来，无一丝嘲讽，也不故作谐趣，他只是事当如此，无一丝勉强。“涧户寂无人，纷纷开且落”，《七声》的成功在于这些边缘人表面上环绕着主角毛果周边，事实上也是反衬者与旁观者，将主角毛果的印象完整塑成。不着一字，尽得风流。那纯真的童年之眼，让人想起阿城的《遍地风流》，张大春的《寻人启事》或骆以军的《我们》，只是他们写得都短了些不是？

大陆文坛的年轻世代，近年不乏尹丽川这样头角峥嵘的多面手，更年轻如李傻傻或笛安，新硎初试，还有待观察。一九七八年生的葛亮，算是学历高的头代独生子女，“文革”遗事都在他们父母辈身上，写作上完全摆脱了伤痕反思、悲情愤懑的包袱，然而纯就文学来看，葛亮无疑是老成的。长于大陆，就学香江，在港台文学奖频获荣光，可望成为华语界极具大将之风的小说名手。你瞧他用字的鲜活灵动：“食堂里的师傅掂了大勺出来了。大叫一声：‘娘的’，喝退了狗。看了看我的腿，说：‘毁了’。说着一把将那狗腿揪过来，在狗耳朵上揪一撮毛，燎了火就往我伤口上贴。”真是令人叫绝的简洁与犀利。

七声一均，鼓点频催，这人生的悲喜曲，永无终止。葛亮最让我想起蒋韵《想象一个民歌手》中穿山越岭的吟唱者，或史铁生《命若琴弦》终其一生立志弹断一千根琴弦的说书盲叟。这天生异禀的说故事人，下一站将到何方？史铁生的小说惯常以残疾为主题，诉说着生命的意义是把希望传下去。人生本是破败残相，生命如同弦断吟未止的哀曲，正如《戏年》一书中，阿德女友——聋哑的曲曲死前留下字体娟秀的那句“是暗的，不会是明”。葛亮不言，却隐然指向了这样的人生命题。莫言曾说，好小说必有好的故事与好的语言，葛亮如此年轻，却是完全当得起这样称誉的。

（原文为联合文学版《七声》序言）